MISS YOU

风起时想你

北楼风雪／著

北京联合出版公司
Beijing United Publishing Co.,Ltd.

图书在版编目（CIP）数据

风起时想你 / 北楼风雪著. -- 北京：北京联合出版公司，2017.9

ISBN 978-7-5596-0755-3

Ⅰ. ①风… Ⅱ. ①北… Ⅲ. ①故事—作品集—中国—当代 Ⅳ. ①I247.81

中国版本图书馆 CIP 数据核字（2017）第 178369 号

风起时想你

作　　者：北楼风雪

策　　划：北京金色昀虹文化传媒有限公司

特约编辑：叶　飏　马春雪　　责任编辑：丰雪飞

封面设计：璞茜设计

北京联合出版公司出版

（北京市西城区德外大街 83 号楼 9 层 100088）

北京联合天畅发行公司发行

北京君升印刷有限公司印刷　新华书店经销

字数 181 千字　880mm × 1230mm　1/32　10 印张

2017 年 9 月第 1 版　2017 年 9 月第 1 次印刷

ISBN 978-7-5596-0755-3

定价：36.00 元

序

一点点执念显得尤为可贵

在一场爱情中，是不是从一开始，就已经判定了谁胜谁负？谁认真谁就输了？职场中人，他们的爱情是否也充满了职业化的算计？绿茶？

城市里的爱情正变得越来越公式化，这大概暗合城市的需求、效率和资源匹配。两个人见面后，一次偶遇或者蓄意安排的相亲，在爱情公式中填进去几个数字，比如身高、颜值或者身家财富，就能在等于号后看到答案：接受或者pass。

如果这就是爱情，那倒真好了，如此简单。

可是，我们又不得不承认，爱情，确实就是简单的。

可是，它在何时何地因为什么变得复杂了呢？

当年我还在公司里的时候，有一个新来的女子，人很漂亮，气质也不俗，追求者众多，但是她一律不予理睬。后来我知道了她的前尘往事，那里写满了来自男人世界的伤害和欺骗，她在退缩中走进了坚硬的心灵城堡。后来，她牵手公司的一位股东披上了婚纱。我和我的同事们都认为她跟他之间没有爱情，只有婚姻，心里为她痛惜。

婚姻，终究不是爱情啊。

还好，在北楼构建的爱情世界里，我们可以远离现实的无奈，得以短暂喘息。她写出来的男男女女，都是职场中的狠角色，敢爱敢恨，挡我者死，有一股子不达目的誓不罢休的执着。

她笔下的女子，无论在事业和情感上都有很“硬”的一面，你攻击她一下，她都能咚地给你弹回去。然而，在深夜，当她们拿下生存的面具，回归自我，那种柔弱和无助终于袒露，每一处柔软和伤口都让人心疼。

我们可以从这些故事反推北楼的爱情观，正如其中一篇《直线爱情》所说：“她此刻有些佩服自己，这样浮躁的时代，依然随心所爱。”

在这个时代，这一点点执念显得尤为可贵，它有点像童话，回到了爱情开始的地点。

我一向认为，爱情不应该是一个人情感世界的全部，尤其是女子。当她失去了爱情，应该还有其他情感维度支撑，使她不会失去所有的美好，使她不至于憔悴到我见犹怜。

但是这在女子那里行不通，爱情怎么可能不是情感的全部呢？我在北楼这里也强烈地感到了这种彻底的爱憎，像眼里揉不得沙子、油里容不得水。这样说来，我终究还是薄情的。

可是，她也有自己不得已之处。爱情的底色不免悲观，北楼也并不想一竿子插到底，使她的故事都成为生活的冷笑话。她还是为她的女子们安排了较为温暖的结局，让她们笑起来，尽管那笑后面是咬牙切齿。

这不免又让人想起小说《麦田里的守望者》那永恒的画面：稻草人站在悬崖边，伸开双臂，呵护着天真的孩子们。不过，北楼正好相反，她大声喊着“去爱，去爱吧”，不停地轰赶着那些在爱情面前踌躇不前的男女，把他们赶下悬崖去。她无视爱情的渊薮中并不甜美的那部分。

她爱着她们。她终究心软。

一根鱼骨

知名媒体人

“有读故事”APP签约作者

代表作《坏坏地爱着你》《春香苑》

目　录

听说爱情回来过

听说爱情回来过，

对你的声音，

你的影，

你的手，

我发誓说我没有忘记过。

——林忆莲《听说爱情回来过》

一

得知公司只剩下一套必须男女合住的公寓时，温寂和容逸的内心其实都是拒绝的，两人对视的眼神中都写着四个字：你走，我留。

然而，两个穷人为生活所迫，只能无语地搬着各自的行李，住进了同一套八十平米公寓。

两人的战争首先从选择卧室开始。朝南的卧室采光好，温寂拎着行李朝着六楼一路狂奔，在三楼就累得歇了菜，大喘气地看着容逸大长腿一步迈两节楼梯悠然经过。

第一战，败。

温寂一贯喜欢早起，却没想到容逸起得更早，以为能够先用到洗手间的温寂只能装作在客厅看早间新闻，然后不停地用余光瞟着容逸不紧不慢地刷牙。温寂在内心怒吼，要是有一天他的牙掉光了，绝对是被他自己刷坏的！真的，好尿急啊……

第二战，败。

温寂之所以来这家公司，就是因为在大学的时候听这里的Boss做过一场演讲，为其绝代风华所倾倒，可没想到上班第一天就看到了Boss大人和那个讨厌的面瘫容逸在电梯里聊天。温寂匆匆整理了一下仪表迈入电梯，然而这时容逸按着电梯开门键不动："这是32层高管专用电梯，普通职员的电梯在旁边。"

温寂不服："为什么你能坐，我就不行？"

容逸面无表情："因为我是副总经理助理。"

Boss大人顺势给了温寂一个"你可以下去了吗"的眼神。

第三战，完败。

站在满腾腾的电梯中，温寂陷入了一种无力感中，比体力、比早起、比职级，竟然都比不过那个面瘫脸……

新来的员工往往都会放在一起被比较，没关系，来日方长，她经得住时间的考验！

电梯中一个标准OL女用港式普通话说："HR挖来的那个handsome boy真的好正，颜值爆表，以后多往32层跑的话，就能和他说上话了。"

温寂沉默了，她突然醒悟，容逸最大的优势，是那张脸啊！OMG！这些肤浅的颜狗都会被他那张冷都男的脸迷惑住的，他们一定不知道他是个刷牙要刷十五分钟的处女座啊！

你问我温寂为什么会知道他是处女座？咳咳！其实是推理

的，有待求证！

一天的工作下来，温寂有些吃不消，她还没有完全适应紧张的工作节奏，晚上她买了食材做了两道拿手菜犒劳自己。

容逸回来得晚一些，在单位对面随便吃了一点，不合口味，没吃几口就走了。

一进门他就闻到了香味，于是装作去厨房倒水喝，看到温寂一边玩手机一边吃着看起来就非常好吃的油爆虾和肉丁毛豆炒青椒。

温寂从手机屏幕上抬起头看容逸：“我一个人吃不完，你要吃点吗？”

容逸冷着脸点头：“好。”

温寂：“……”

然后冷着脸赞美：“味道不错。”

温寂内心OS：那是！

温寂：“你看咱们这么有缘分，一家公司，还是室友，而且今天你还吃了我做的饭，能不能告诉我一下你是什么星座的？”

容逸：“摩羯。”

竟然猜错了！温寂在心中反驳，怎么可能？摩羯虽然闷骚，可是人家不会刷牙刷整整十五分钟吧！

从这顿饭开始，两人的交流多了起来，当然，所谓的交流基本是这样的：

容逸："今晚做糖醋鱼好吗？"

温寂："不要。"

容逸："那，糖醋排骨？"

温寂："不要，我不想吃任何糖醋菜。"

容逸咬牙忍："那做什么？"

温寂傲娇："今天心情不好，你做。"

容逸瞪眼："我要会做，会在这儿跟你废话吗？"

温寂发现容逸最好摆布的就是这种时候。

"那你要帮我搞定财务经营分析。"

容逸站起来："我出去吃了。"

温寂穿上风衣跟着他一起出门："我给你做了这么多顿饭，你应该请我吃一顿了吧。"

容逸："你想吃什么？"

温寂："新开的那个水货餐厅你知道吧？"

容逸："你能眼睛别放光吗？"

温寂狠宰了容逸一顿。可是吃太多海鲜的弊端就是肚子痛，尤其她生理期快到了，晚上痛得直冒汗，还要熬夜做分析，温寂想死的心都有了。

这时候小企鹅闪动，竟然是容逸，她接收了文件，是他写过的几个报告，全都用得上，温寂一乐，肚子更疼了。

容逸半夜口渴去倒水，就看到捂着肚子蹲在厨房的温寂。

“要紧吗？”

温寂蹲在那儿摇头：“不用管我。”

没等说完就被人拽了起来，然后，公！主！抱！

温寂大叫：“你干什么？”

容逸瞥了她一眼：“这时候你应该说谢谢。”

温寂气愤道：“就吃了你一顿饭，我就光荣倒下了。容逸，你绝对克我！”

容逸瞟了脸皱在一起的温寂：“肚子疼还写什么经营分析，逞强。”

温寂撇嘴：“不然呢？”

容逸叹气：“你睡吧，我帮你做。”

温寂躺进温暖的被窝，犹疑地问：“什么条件？”

容逸没回答，甩给了她一个帅气的后脑勺，不一会儿端了一杯水，手上还有一粒小药片。

“起来把药喝了。”

温寂摇头：“没事，我睡一觉就好了。”

容逸眯起眼睛看她，温寂坐起来：“好好好，我吃！我发现你这个人控制欲太强！”

容逸看她喝完药，把她卧室的门关上便出去了。

第二天一早，温寂肚子不再痛，也恢复了活力，一出卧室就看到容逸正在摆碗筷。

温寂惊恐地看着他："你做的早饭？"

容逸挑眉："买的。"有意见？

温寂打了个哈欠，我就知道。

"哦。谢谢。"

容逸没答话，给她了一个"快去洗漱"的眼神。

温寂一边刷牙一边琢磨，没想到面瘫男也有暖男的属性，今天晚上做他想吃的糖醋排骨好了。

二

温寂的经营分析被总经理在会上点名夸赞，弄得她一阵心虚，原来她都没来得及好好看一下就直接发给了总经理，不禁暗自思忖看来容逸还是很靠谱的。

中午在单位餐厅吃饭，容逸走过来坐在她那一桌："你看什么呢？"

温寂吓了一跳，悄声说："看Boss大人。"

容逸有些无语："好好吃饭。"

温寂又做贼一样地问："都说Boss在和他的秘书搞办公室恋情，真的吗？作为高层人员你肯定知道内情吧？"

容逸眼皮都没抬一下。

"喂，和你说话呢。"

容逸拿纸巾擦擦嘴，起身走了。

傻眼的温寂看着容逸高大的背影，撇了撇嘴：“神经病。”

晚上，温寂做了糖醋排骨，还是点着蜡烛做的，厨房的灯坏了，她打电话给容逸：“你怎么还没下班？”

“下班了，有个应酬，不回去了。”

“哦，那你忙。对了，厨房的灯坏了。”

“我知道了。”

温寂吃了饭刷了碗，看了会儿新闻后出去散步，回来的时候天上的星星已经露出头来，调皮地眨着眼。

她坐在小区楼下的长椅上发呆，旁边坐着一个年过半百的女人。那人盘着头发，散发着属于她这个年纪的优雅美丽，年轻的时候想必也是一个大美人儿。

不一会儿，温寂看到容逸迈着大步进了小区，臂弯里挂着他的西装，只是他看到她的时候，脸色突然变得有些难看。

她刚要起来质问他摆什么脸色，身旁那个女人却喊了他的名字：“容逸。”

容逸走过来：“你怎么来了？”

“听说你爸前阵子手术花了不少钱。这张卡你拿着，妈给你存了点钱，密码是你的生日。”

容逸没有接：“不必了。天黑了，你早点回去吧。”

女人眼中带着挣扎和苦恼：“小逸。”

容逸没再看她，转而对温寂说：“上楼吧。”

温寂点点头，跟在他身后，走到楼门口的时候她鬼使神差地回头去看，路灯下，容逸母亲的身影被拉长，优雅又失落，那一幕不知道为什么深刻地印在她的脑海中。

回到家，容逸从西装兜里拿出一个盒子，是一个节能灯泡。他让温寂拿着灯泡，还有开着手电筒的手机，铺了一张报纸在餐桌上，然后敏捷地站了上去，长手一伸示意温寂，温寂愣愣地把手机递了过去。

“灯泡！”

“哦。”温寂有些囧，光顾着发呆，又要挨批评了。

容逸利落地换了灯泡，温寂打开开关，满室光亮。

她对上容逸的眼睛，看出一丝疲惫。

温寂问：“你需要钱吗？”

容逸笑了：“需要也不会向你借的。”

“为什么？”

“因为你没有。”

“……”

洗过澡的容逸从浴室出来看到温寂在缝他放在沙发上的衬衫。

温寂抬起头看他：“我在地上捡到了你的衣服扣子，缝好了。给你。”

容逸的手指仿佛还带着一点水汽，和她的手指碰在一起，凉凉的。他去看那扣子，钉得很牢固。

不知道有多少年，没有人给他缝过扣子、为他做过饭了。

三

周末的时候，容逸早早就把温寂吵起来，说是公司一些同事要一起去爬山。

温寂气得抓狂，冲出卧室："我昨天就说了我不要去！"

容逸一身运动装，看起来更年轻了："你的身体已经处于亚健康状态了。"

温寂怒吼："要你管！"

容逸冷漠地看了她一眼："还没嫁人呢就亚健康了。"

温寂继续怒吼："你嘴巴要这么毒吗？好像你不是单身狗似的！"

容逸补刀："可是男人的黄金择偶年龄比女人长十年。"

温寂败北："我服了你了，行了吧！我这就洗漱！"

容逸淡定地说："给你十分钟的时间收拾，徐总十分钟后来接我们。"

温寂眼睛一下子就亮了："徐总！"

容逸看着温寂一阵风似的洗漱换衣服，甚至在这么短的时间，化了个不错的淡妆。

那天，公司的十几个年轻人一起去爬山，年纪最大的就是三十几岁的徐总，温寂对这种经过岁月历练后的成熟男人完全没有抵抗力。不愧是她暗恋过的男人，帅啊！可惜他一直在和自己的秘书说说笑笑，还帮她背包，温寂的玻璃心碎了一地。

温寂体力很差，爬到一半就累得气喘吁吁："你们先往上爬，我一会儿就上去找你们。"

爬在前面的容逸停下脚步，退了回来。

"你干吗？"

容逸默默地陪她站了一会儿。

温寂有些过意不去："继续爬吧，不然追不上大部队了。"

容逸点头，向她伸出一只手，十指修长，骨节分明但是很秀气，美手啊美手！

"我自己可以爬。"

容逸看她："别逞能。以后多锻炼，身体好了自己爬。"

温寂握住他的手，他立即回身，走在前面，有力地带着她向上爬。

温寂心里一阵温暖，面瘫男有时候真的很靠谱，不对，不是有时候，是大部分时候。

他们追上大部队的时候已经很晚，容逸满头汗，温寂给他纸巾，他凑近些示意让她擦，温寂有些不好意思，没有动作。

这时，第一天电梯里面遇见的那个OL女Anna拿着纸巾走了过来："容逸，我来帮你。"

容逸迅速接过温寂手里的纸巾，礼貌地对Anna说："谢谢，我自己来就可以了。"

Anna自己嘟囔："果然是铁臂男。"

中午下山后，他们开车找了一个风景绝佳的地方，支起烤架拿出食材野餐。

Anna接过容逸递过来的烤好的食物，内心十分欣喜，一双大眼睛里面全是幸福："谢谢你。"

然而实际情况是，容逸知道温寂不爱吃烧烤，离他最近的就剩下Anna了。

温寂一双眼睛全盯在远处河边一起洗食材的徐总和他的秘书身上，Anna八卦地对温寂说："男人都喜欢这一型的。"

温寂点头，长发飘飘，大眼睛，双眼皮，锥子脸，大胸细腰，她看着都喜欢。

容逸有些无聊，对温寂说："把我包里面的烟拿给我。"

温寂没理他："你上次打赌输给我说什么了。"

容逸叹气，默默地继续翻烤架上的食物。

Anna有些酸溜溜地小声问温寂："容逸很听你的话哦。"

温寂对Anna说："我有他的把柄嘛！"什么把柄？嘿嘿！

某天晚上，由于两个人都不想刷碗，于是决定用酒量定胜负，输的去刷碗。温寂赢了，但是碗仍旧是温寂刷的，因为容逸真的喝醉了，趴在桌子上不省人事。

酒醒后，温寂训话："鉴于你昨晚输了还不刷碗，必须用另一件事来弥补。"

宿醉后的容逸更加头疼："什么？"

"戒烟。"

"戒不掉。"

"戒不掉以后没有饭吃，你自己看吧，选饭还是烟。"

于是容逸在家里没再抽过烟，温寂把他放在客厅、厨房、卧室、阳台的烟灰缸都扔了。

温寂抓到了容逸还在偷抽烟的把柄，十分开心，琢磨着以此威胁他擦一周地板。

Anna继续问："他喜欢什么类型的女生啊？"

"不知道，没聊过这些，他又不像我们女生这么爱八卦，而且平常都一副面瘫脸，怎么会跟我说这些。"

"我这样的他会喜欢吗？"

温寂把Anna上下打量了一遍："反正我看你比看徐总的秘书顺眼。"

"你可真会说话！"Anna心满意足地笑起来，一双含情的眉眼瞟着容逸，容逸更想抽烟了。

大家饱餐的时候，容逸去河边抽烟，徐总走过来坐在他身旁："公司准备在年底调你去H市分公司锻炼三年，回来提职。"

容逸点头："多谢您的信任。"

徐总拍拍他的肩膀："我看人没错的，你前途无量。"

容逸没有说话，回头去看温寂，她站在一颗树下，摘了一株蒲公英，轻轻吹了一下，白色的小伞随风飘走，她的短发被树叶中漏下来的星星点点的阳光镀上了一层光辉。

徐总也回头去看："其实温寂挺漂亮的。"

容逸淡淡地笑了："还好吧。"

就是很顺眼。

四

温寂最近被《伪装者》里的靳东迷得七荤八素，不断地怂恿容逸："你真的要看看那个剧，大哥帅到爆啊！"

容逸不接话。

温寂继续热情地介绍："明楼身上有一种成熟男人的魅力，徐总身上也有那种感觉，根本猜不透他们这种人心里想的是什么，谜一样的男人！"

容逸垂下眼眸，双眼皮的痕迹变得浅了一些，他再次抬眼说："年底我要走了。"

温寂瞪着眼睛问："去哪儿？"

"H市。"

温寂莞尔一笑："我家就在那儿，那片归我罩，你买东西都不要付钱，提我的名，刷我的脸。"

容逸也笑，觉得温寂这般没心没肺挺好。

温寂最近心情不错，原因是传言徐总和他的秘书已分手，而自己也调任到了32层，经常能够目睹徐总的卓越风姿。

温寂其实是一个很有责任心的人，作为刚刚调任32层的员工，势必站在食物链的最底层，负担最多的杂活，但她经常自觉加班。

有一次，徐老大回公司取文件，看到只剩她一人在工作。

"怎么这么晚还在加班？"

温寂第一次和Boss大人独处，紧张无措地站起来："徐总。"

徐温言笑了笑："公司有你这样的员工一定会越来越好。"

得到徐总肯定的温寂一晚上都冒着粉红泡泡，回到家的时候也一脸幸福。

容逸刚应酬回来，他酒量不好，此刻有些烧心，正坐在客厅沙发上缓神。

"加班加傻了？"

"没呀！"

"可是你笑得很二。"

温寂难得不还嘴，还是傻笑："我今天得到了徐总的夸奖。"

容逸从茶几柜拿出一盒烟，拆开包装点了一根。

“你又抽烟？”

容逸冷冷地看着她，比平时眼神温度更低，令她头皮发麻。

“怎么不说话？”

容逸猛吸了一口，却是笑了，和平时的样子不同，带着点男人的痞气和攻击性：“你凭什么管我？”

温寂掐着腰一副蛮横起来：“我是你的室友，你害我吸二手烟，我就得管。”

容逸站起来走过去，他一米八三，她一米六三，一时间，身高产生的压迫感让温寂退后了一步。

“还有三个月我就走了，你忍忍吧。你也知道，男人戒烟很难的。”

容逸说完转身去了阳台。

在暗蓝色天空的映衬下，他的背影高大纤瘦，衬衫慵懒，头发短而硬，温寂想起Anna说的：帅哥连后脑勺都是帅的。

温寂觉得自己确实没什么立场去管他抽烟，而且他一般都是在阳台或者自己卧室吸，但是容逸今天心情十分不爽，这是一种直觉。

去年，父亲病重，容逸放弃了继续在国外读博的机会。他很要面子，在美国读书都是靠奖学金和打工，没有向父亲要过一分钱。更别提向亲戚朋友借钱。可父亲就是个事业单位普通职工，平时花钱又大手大脚惯了，没有多少积蓄。他只能低头，东借西借才算把手术费凑上。

父亲病愈，他也很快找了一份高薪的工作，一年半载就可把钱还上。可他就是对所有人低头，对生活低头，也不会对那个女人低头，当年她选择离开他们父子，那么所谓的荣辱与共，就和她没有任何关系了。

最近温寂做晚饭的次数越来越少，有时候因为加班，有时候因为和徐总一起吃饭。

对徐总追温寂这件事，容逸是后知后觉的。年会上，徐总邀请温寂跳了第一支舞，一切不言而喻。

那晚，容逸喝了不少酒，来者不拒。

温寂想回家的时候发现容逸已经走了，徐总说要送她，被她婉拒。

这几天她想明白了一些事，虽然徐温言曾是她来这家公司的原因，是她一个遥远的梦，但越是接触她越心惊，原来她曾经憧憬的只是她心中一种美好的想象，他们并不合适，或者说真实的他并不让她心动。

回到家发现容逸在收拾东西，温寂还穿着漂亮的礼服，她拖着裙摆走过去："你这是干什么？"

容逸一身酒气，眼神却很清明："我明天就要走了，去H市。"

温寂看着他："这么快？"

接着问道："H市公司分配公寓吗？也不知道你还会不会那

么幸运遇到一个会做饭的室友。”

容逸点头：“多谢你这一年的照顾。”

温寂有些害羞，还有点难过：“我怎么有一种嫁女儿的心情啊？好奇怪。对了，你去H市后，要锻炼酒量，东北人很能喝的。有假期的话多回家看看你父亲，也别对你母亲那么冷漠，她是爱你的。我知道你也爱她。”

容逸把行李箱扣好，站起身，俯视着她：“温寂，我不相信你不知道我对你的喜欢，但是你一直在回避。”

温寂蹲在原地抬头，迎上他那双英气的眼。

容逸微笑：“祝贺你梦想成真。”

温寂知道指的是徐温言。

她猛地站起身：“容逸，你这样说对我不公平。徐总至少在正式地追求我，可是你没有，你也从没有对我说过喜欢我，我就算隐约地感觉到什么，也并不敢自恋地认为真的得到了你的垂青。很大程度上，你比徐温言更加遥远，他虽然位高权重，但是他温和亲切，而你一直是这样冰冷的高高在上的样子，你远比他更加骄傲。我没有回避你，我只是不敢相信。”

容逸点点头：“不必再对比我和他。”说完转身进了自己的卧室。

那一晚，温寂一夜未眠，到早上四五点钟才睡着，闹钟一响，她心绪烦躁，爬起来洗漱，然后去厨房做饭。面包烤好的时候，她突然觉得不对劲，打开鞋柜，发现那双侍立在她高跟鞋旁的男士皮鞋没了踪影。

容逸已经离开。

五

容逸走后，温寂的生活并没有什么改变，只是最开始她还是起床很早以为要和他抢厕所。

晚上做饭的时候会买两人份的菜，有一天她卧室的灯坏了，她差点拨电话给他，让他记得买灯泡回来。

她坚持和公司的人一起爬山一起运动，年后体检，她已经不再亚健康了。

徐温言向她表白那天他们在一家很贵的餐厅吃饭，温寂对他说："徐总，小时候，我们女孩儿都会憧憬白马王子，长大了憧憬霸道总裁。在和你接触的过程中，让我感觉到你真的是一位值得尊重的好上司，是一位有魅力的男士，但是我对你没有心动的感觉，简单来说，我的情绪不为你所牵动。你就像童话中的王子，更适合我的梦。回到现实，我从来不是公主，也并不适合白马王子。我平凡甚至平庸，但是我也有我的坚持，我的选择，不论贫富美丑，每个人都有选择的权利。"

晚上回到家，她坐在容逸卧室的门口，轻声说："你最近好吗？”

温寂用了一年的时间试图想明白一些事，甚至把头都想疼了。不得不承认，她确实想念容逸，想念他的毒舌，想念他吃她做的饭时开心的样子，想念他爬山时握着她的手。

想念如影随形，错过却云淡风轻。

一年中，他们谁都未曾联系过彼此。

又一个新年将至，温寂提前休了年假回家过年，正陪妈妈逛街时，她遇到了容逸。

他也看到了她们，阔步走过来：“温寂。”

温寂有些局促地向两人介绍：“这是我妈。妈，这是我在S市的同事，去年调到H市了。”

容逸礼貌问好：“阿姨您好。”

温寂的母亲是天秤座，天秤座除了纠结，最大的特点就是颜控。这小伙子真是怎么看怎么帅啊，和自家女儿还挺配的。

容逸有些不好意思地对温寂的母亲说：“阿姨，我想给我母亲买件衣服，但是我没有经验，她和您身材差不多，您可以帮我一下吗？”

温寂妈妈笑得跟花似的：“好说好说，我眼光可好了，我闺女都不如我。”

他们一起吃了午饭，温寂妈妈还邀请道：“小年儿的时候回不去家就来阿姨家里吃饭。”

容逸笑着答应了，温寂以为他只是应付一下，没想到小年儿那天他打来电话，问她家在哪儿。

她睡得迷迷糊糊，看到陌生号码还以为是打错了，听到他清冷的声音才回过神，告诉他快到的时候提前打电话，她下楼去接。

那天，容逸吃了很多温寂妈妈包的饺子，还陪温寂爸爸喝了点酒，酒量一如既往的差。

他告辞的时候，温寂妈妈赶着温寂出去送，到了楼下他大步离开挥挥手："不用送了。我没开车来，放心吧。"

温寂把羽绒服拉锁拉到最上面："我送你出小区。"

他们走得很慢，而容逸以往走路步子一贯都是很大的。

温寂发现一年不见，容逸更加稳重成熟了，他今天胡子刮得很干净，下巴透着一点青色。

楼上，温妈妈对温爸爸说："你看他俩那样，绝对有戏。"

温爸爸笑了："你怎么看出来的？"

温妈妈说："你没看吃饭的时候，俩人特别自然。自然就是生活。"

平凡的生活中，才有最深刻的感情。就在递过去筷子，就在拧开饮料瓶子，就在一个眼神，就在默默的心中。

温寂送到小区门口才鼓起勇气问："在这里生活还习惯吗？"

容逸点头：“还好。”

温寂貌似无意地说：“你这人平时朋友圈都没个动态，微博转的都是经济学的文章，公司好多同事还向我打听你的近况呢，我说我哪儿知道啊。”

容逸穿了一件黑色羊绒风衣，宽肩窄腰，十分配他冷都男的气质，颜正条顺啊！

温寂心中默默感叹，在这个看脸的年代，容逸估计去哪儿都很受女孩儿欢迎，尤其还面冷心热，工作能力又强，她有些许的失落。

“帮我给他们带好，也提前祝你新年快乐。”

温寂点点头，看着他远走。

风雪中，温寂的心紧了又紧。不知道什么时候才能再见面。

某天晚上，容逸和几个单身汉同事一起喝酒，微醺的时候他翻微信，发现温寂在朋友圈发了一条：“想念。”

容逸有些窝囊地想，她和徐总感情应该不错。突然又觉得自己没出息，然后灌了一口冰冷的酒。

温寂失眠听电台，里面放着一首老歌，听到“对你的声音，你的影，你的手，我发誓说我没有忘记过”的时候，她忍不住想哭，她还记得他身上烟草的味道，他忘记带走那件她补过的衬衫，那上面有他的味道。

她鼓起勇气打电话给他，他很快接起来：“喂。”

温寂却突然语塞。

她应该说什么呢？

说她确实曾回避他的感情，因为她不自信？说她其实不讨厌他烟草的味道，只是为了他的健康着想？说她很开心他买衣服给自己的母亲？ 说她讨厌Anna，不会帮他带好问候？说她最近又学会了几道新菜？说她加入了一个业余登山队？

千言万语，时光哽喉。

容逸突然打破沉默问她："你是在想我吗？"

温寂委屈而坚定地说："是，我在想你。容逸，我很想你！"

她听到容逸轻笑："真巧，我也是。"

酒吧中的歌声从电话那旁传来，一个磁性的男声，温暖而伤感。

我来到你的城市，

走过你来时的路。

想象着，没我的日子。

你是怎样的孤独。

"容逸，我想不通你喜欢我什么？"

"我喜欢你每天都很快乐，喜欢你认真工作，做饭好吃，喜欢你的短头发单眼皮，看到你爱逞强的样子会心疼。"

"一年不见，你怎么变得这么会说话了？"

“其实我很会讲情话，但是只讲给我女朋友听。”

“容逸。”

“嗯？”

“以后多讲给我听吧，我会更有信心。”

“我爱你。”

First Love

爱让人心碎，也让人圆满，

文字也是，

但无论心碎还是圆满，它们都给予平凡的我们，

不平凡的勇气。

一

梁雨：你知道你在做什么吗？

申月：我在试着触碰你的灵魂。

梁雨：灵魂会痛的。

申月：我为它修了指甲，我只是想安抚它。

那一刹那，所有的不安，烟消云散。

有没有一个人，曾让你觉得前所未有的平静，曾让你想到“永远”这样美好的字眼？

二

申月打开参赛的稿子，很有趣的名字：《杀死有趣的人》。

故事荒诞中带着童真，看完仿佛看了一个星爷的电影一般。

申月由此记住了这个作者的名字：有趣的人。

还真是随意的笔名啊。

申月是有读故事APP的编辑，平时负责运营事宜。目前正在举办文艺新生第四季比赛，她负责初审中篇组比赛的稿子。

“阿廖，我看到一篇很带劲儿的文章，给你看看。”

阿廖编辑眼光刁钻，大部分文章到她那儿都会被评价为“垃圾文章”，可是这篇却入了她的眼。

“我的个亲娘，明日之星啊，我要签这个作者。”

申月笑嘻嘻开心得很：“问问是男是女，这么有趣的人，是男是女都该结交。”

万达诺编辑在不远处冷笑：“都该什么交？”

版权总监小江邪笑：“神交，神交！”

申月冲着天花板喊道：“有读编辑部有毒，编辑们都是神经病啊！”

刚宿醉醒来上班的Boss小程揉了揉额头：“别喊，头疼，你第一天知道这里其实是精神病院？大惊小怪，没见过世面的样子。”

说完就走进了自己的办公室。

申月又冲着天花板大喊，下了结论：“上梁不正下梁歪！”

和有趣的人联系上后，阿廖编辑很兴奋地宣告：“有趣的人是90后，90后！还是个帅哥，还是个帅哥！”

申月打击她：“90后又怎样，90后现在都找00后的女朋友，你没机会了。帅哥啊，有多帅？快给我看照片。”

阿廖把手机递给申月，有趣的人的微信头像是证件照，但好像是很青涩的学生年代的照片，怎么讲，帅到人神共愤！

阿廖又说：“他同意和我聊签约的事情了，人也在杭州，要来我这儿看一看。”

“什么？”

由于阿廖编辑把这篇文章贴在了公司微信群，大家都对这个有趣的人产生了浓厚的兴趣，此刻几个编辑连同Boss站在阿廖身后，一副羊入虎口的得意样。

申月说：“中午去买衣服吧，他什么时候来？”

这时有人敲了门，走进来，迎着午间最明媚的阳光，温和微笑：“你们好，我是有趣的人。”

三

一切发生得太突然，连Boss小程都有些来不及做出反应，还是申月第一个冲过去握住了帅哥的手：“你好你好，我是编辑申月。”

阿廖扯开了申月不肯松开的手，换班儿握上去：“你好你好，我就是和你联系的阿廖。帅哥，你来得未免太快一些。”

帅哥有些不好意思地挠挠头：“其实，我住在你们楼上。”

“啊？”

整个编辑部的人都惊呆了，他们租用这个别墅的一层，二层住的原来是这个帅哥？为什么从来没有见过？

Boss小程回过神儿，扯开两个花痴编辑：“你好你好，真是缘分啊！不过怎么都没见过这位颇有缘分的邻居？”

帅哥说：“我是宅男。”

此话有道理到让编辑部鸦雀无声。

了解签约待遇后，有趣的人和有读故事APP正式签约，成为编辑部近来最爱调戏的作者。

签约作者群内，版权总监小江隆重介绍道：“这位是我们最新签约的作者，有趣的人，代表作《杀死有趣的人》，宅男，帅哥，单身。”

几句话成功热闹了场子。

恨嫁女北楼：“Hi，帅哥，多大了？平时喜欢读谁的书啊？当然了你喜欢读谁的书我就喜欢读谁的书，我看你微信头像就觉得我们必定十分投缘。”

冷面笑匠魏老师：“北楼大姐，有趣的人明显是90后或者00后，你体重挺重，为什么不自重一点呢？”

良美：“有趣的人，别理这些可怕的作者，来良美哥哥怀里。”

众作者接龙发了一堆呕吐的表情。

申月看热闹看得正开心，突然微信通讯录多了一个1的提示，她点开，有趣的人申请加好友。

她点了同意，对方却很久很久都没说一句话。申月想，也许他是出于礼貌加了所有编辑的微信。

有趣的人自加入作者群以来一直一言未发，过年抢红包都没出现过，众人几乎忘了有这么一号作者，直到文艺新生第四季比赛获奖名单公布，中篇组第一名赫然写着——有趣的人：《杀死有趣的人》。

某知名悬疑作者给这篇作品的评价是：文学无关年纪，是鬼才，也是天才，有趣，希望不要有人杀死这有趣。

一时间，有趣的人在有读故事APP风头无两，且此人吸粉能力强悍，很快收获了各种大老爷们儿和小姑娘等一大票粉丝，文章下面的评论有时候比文章本身还好玩儿。

申月看他的《疯狗镇》，笑到前仰后合，险些跌下工位，于是评论了一句：此文只应天上有。

有趣的人很快回复：要不要来我家吃火锅?

申月心想，这个回复也不对仗啊。

好多读者开始评论：JQ，有JQ！

显然，读者的眼睛是雪亮的。

四

申月觉得被帅哥调戏绝对是他一时兴起，导致自己走了狗屎运。她正琢磨怎么回复，有趣的人在微信上给她发了一张图片；一个火锅，两盘羊肉，一些蔬菜，一盘水果。

下面附文：我一个人吃不完，你要来吗？

申月慌了，什么情况？什么情况?!！这鬼才作者也太出人意料了，来真格的?!！她暗自琢磨，这个作者已经签约几个月，要是对自己一见钟情也应该早就勾搭了，何必等到现在？

申月有些恍惚，她掐了阿廖编辑一把，听到她惨叫后才确认，自己真的没有做梦。

申月其人，天秤座，花痴，胆子却小，翻译过来就是怂。感情之路称不上坎坷，因为就没有感情之路，在暗恋男神的道路上走了十几年，最后男神大学毕业闪婚，甚至没给她发请帖。她深知自己是有贼心没贼胆的代言人，此刻她吓得手都凉了。

“阿廖，你说如果一个帅哥作者请你吃饭，你去吗？”

阿廖很冷静地分析：“要看多帅。有趣的人那么帅的，我就去。”

申月问：“为什么？”

阿廖继续冷静回答：“那么帅，不去是傻子，和有趣的人吃饭我可以多吃几碗的，怎么讲，秀色可餐！”

申月觉得阿廖讲得极有道理，于是鼓起勇气说：“那我先走几分钟，中午不在公司吃了，有趣的人约我去他家吃火锅。”

阿廖没反应过来，最后望着申月迅速消失的身影狂吼：“没有天理了，那是我的签约作者！你是我的好基友啊！他却请你吃饭，没有请我，一对儿没人性的！”

申月此刻觉得很热，火锅很热，自己的脸更热。

有趣的人真名叫梁雨，但是申月不知道到底应该怎么称呼他，叫梁雨太自来熟，叫有趣的人太神经病。

这时他却先开口了：“你的本名就叫申月吗？”

申月点点头：“是啊是啊，我们编辑部，有的编辑用的是化名，有的是本名，我想不出什么好名字，干脆就用了自己的真名字。”

他笑眯眯地：“我叫梁雨。你怎么不夹菜呢？你已经吃了半天的麻酱了。”

申月差点把脸埋进碗里，她小声回一句：“啊，我知道你叫梁雨，你的签约合同是我打印的。”

梁雨是个十分单纯且直线条的人，他问道：“你怎么不问我为什么要请你吃饭呢？”

“你随便选了一个编辑？”

梁雨笑言：“那我也太随便了。”

申月问：“你有求于我？”

梁雨很嘚瑟地反问："以我现在受欢迎的程度，不应该是你们抱我大腿吗？"

啧啧，作者年纪不大，心眼儿不少啊，懂的套路很多嘛！

梁雨看申月绞尽脑汁也想不出来，笑嘻嘻地说："因为我觉得你长得最漂亮。"

五

申月摆摆手："那是你没见过我们厂的产品经理涂涂，脖子以下全是腿，真正的颜值担当！之前被我们老大派去帝都出差了，你没见到。"

梁雨说："没见到就是没缘分，我第一眼看到你，就想，这么漂亮的编辑，说什么也要和她吃一顿饭。"

这话说得又直白又满足女性虚荣心，申月的脸更红了，她本着团结友爱的情谊回答："客气了这位作者，你也很帅！"

梁雨给她夹了一碗肉："多吃点，平时都是我一个人吃饭，和你一边聊天一边吃饭真开心。"

申月疑惑："你一个人住这么大的房子？你的家人呢？"

梁雨低下头，长睫毛掩映了他的眼神，申月却敏感地察觉到了他情绪的变化，只听他有些怅然地说："我妈去世了，我爸有自己新的家庭。从十几岁开始我就一个人在这里生活了。"

申月有些慌乱，她没想到会戳到梁雨的痛处：“对不起。”

梁雨又恢复了笑眯眯的模样：“这有什么？我不在意的，我相信谁都有自己的难处，也不算什么。”

吃完饭，帮忙收拾了碗筷，申月迅速穿上外套离开。告别前，她对梁雨说：“你是个有趣的人对吗？”

梁雨点头。

申月笑了笑：“我觉得你有趣，很幽默，有才华，又很帅，非常有魅力，也有很多我好奇得想要知道的奇奇怪怪的想法。”

我来赴约，因为你是一个美好的、有趣的人，所以你不要在说“也不算什么”的时候，摆出那么悲伤的表情。

后面的话申月没有说，但是梁雨似乎听懂了，他开朗地摆摆手告别：“记得帮我把垃圾捎下去。”

下午，以Boss小程为首的审判委员会开庭审理了编辑申月与作者有趣的人共进午餐一案。

Boss小程：“公诉人，阐述一下犯罪嫌疑人作案经过。”

阿廖编辑：“申月，女，25岁，天秤座，单身狗，暗恋狂魔。”

申月打断：“单身狗招你们惹你们了？吃你们家饭了？”

Boss小程推了推眼镜，笑着说：“拿我工资了吧。”

申月气结。

万达诺编辑痛心疾首：“哪里有压迫，哪里就要有反抗啊，你不要给我们单身狗丢脸！”

申月欲哭无泪："老万啊，这个月发年终奖，你疯了还是我疯了！"

万达诺编辑后退几步。早些年万达诺是电影学院毕业的，此刻她的表情万念俱灰，带着对过往伤痛的追忆和懊悔，突然扑倒在Boss小程的西装裤下："老板，喝茶吗？看报纸吗？我看申月这件事做得确实有问题，我们是要好好审一审。"

涂涂经理在一边给自己的指甲贴钻："哎，有趣的人真的约你了？我觉得你俩挺配的啊！俊男配美女，咱们编辑部办公室恋情没有禁止，这编辑和作者恋爱也不禁止吧？"

申月百口莫辩："你们想得也太远了吧，人家只是请我吃个饭，你们不要太小题大做。"

小江总监一派少年老成地总结："自古以来，单身男人约一个单身女人吃饭，必定抱的不是什么单纯的想法，否则那些个十八流言情小说作者还写个什么劲儿啊。"

无数十八流言情小说作者躺枪。

六

发年终奖这天，杭州非常冷，却阻挡不了阿廖去商场败家的热血，她亲吻自己的信用卡："啊，宝贝儿，我多久没有宠幸你了，你要知道我其实是最爱你的，比爱有趣的人还要爱得浓烈。"

这时来找小江总监签新书合同的梁雨站在门口，摸摸鼻子咳嗽一声：“那个，阿廖，你不要乱说，申月会误会。”

申月的脸腾地一下就红了，她尴尬到胡乱摆手：“不误会，不误会，这有什么可误会的啊，有读故事，人人都爱有趣的人。”

梁雨走到申月的工位，手撑在她的桌子上，额前柔软的头发在夕阳下泛着光辉，笑容如同还在念书的大男孩儿一样清澈：“那你也爱我喽？”

阿廖看到申月不知所措到脸红，便走过来揽住梁雨的肩膀，兄弟一般：“我说梁雨，我告诉你啊，你是我的签约作者归我管，我们申月可是万里挑一的好女孩，你要是想玩玩抓紧找别人，别瞎撩。”

申月迅速把手机放进自己的包里：“别瞎说，梁雨本来就是开玩笑。你要不要去逛街了，再不走赶不上二路公交车了！”

自从上次在梁雨家吃了火锅，两人便经常在微信上聊天儿，聊文学、聊电影、聊音乐，有时候梁雨也很爱讲冷笑话，他们偶尔会一起吃个饭、看个电影。申月很敏感地察觉到，其实梁雨是一个非常孤单的人。

他总是睡得很晚，睡眠质量也不好。有一次他发烧感冒，申月去看他，发现他睡觉的时候蜷缩着，像婴儿在母亲肚子里面睡觉的样子，据说这样的人很没有安全感。申月对梁雨产生了很强烈的好奇心，有那么多奇思妙想的作者，他的内心究竟是什么样的？文字中的他有几分是真实的，又有几分是伪装的？

有一天，申月加完班回到家已是深夜，她睡前有打开APP看一眼的习惯，正巧赶上梁雨发表了一首诗，这是他第一次在平台上写诗，名字叫作《爱是至孤独的梦》：

所有的火种都将熄灭
风会静止
万物不再生长
人类抱着孤独而爱
走向灭亡
走向梦中那段悠长
悠长的
迷惘
这样是否能证明爱的坚贞和永远
还是将它神化为宇宙中神秘的臆想
黑洞会吞噬爱吗
难道黑洞是梦的集合
还是爱才是梦的黑洞
吸引你走向
最孤独的
理想天堂

七

申月在这首诗的下面评论："爱其实不寂寞，是人寂寞。"

如同不是风动，是你心动。

他又是秒回："爱让人心碎，也让人圆满，文字也是。"

申月想了想，微信分享了一首*First Love*给他："听首歌，早点睡觉，什么都没有睡觉吃饭重要。"

梁雨回复："好的，晚安宝贝。"

申月反应过来的时候发现自己的嘴角是上扬的。

他们如同朋友一样的相处在七夕到来之际被打破，那天编辑部所有人都等着看申月会不会被梁雨约。

当他拿着一束百合花进编辑部的时候，欢呼口哨声不断，申月羞红了脸，梁雨的脸色也有些不自然，其实他们都是那种不擅长表达自己的人。

他说："申月，我一个人孤单了很久，时常觉得寂寞，但是这寂寞不是因为无人爱我，或者我无人可爱，而是因为没有遇到你吧。从认识你开始，我总是想靠近你，想给你讲冷笑话，想让你陪我吃饭，想陪你散步。我这个人很胆小，否则也不会躲在文字世界里面做国王。我妈妈当年是因为我父亲出轨自杀去世的，所以一直以来我不敢相信感情，不光是爱情，亲情友情也都很淡漠。可是这个世界上真的有一个人，你一看到她，就想要微笑。我想你是我第一个爱的人，我不知道以后会怎么样，但是我现在就想把这束百合送给你，你愿意让我也做你第一个爱的人吗？”

编辑部炸了，申月手足无措，最终接过那束花：“你干吗要这么高调啊？私下对我说就好了啊。”

梁雨解释道：“我是和编辑部商量过的，既然我们都这么胆小，那就让朋友们的祝福给我们更大的勇气吧！我会试着变得强大，会保护你，会成为值得你爱的人！”

阿廖编辑含泪抱住万达诺编辑：“我怎么这么感动呢？”

万达诺编辑还是万年不变的冰山脸：“轻点儿抱，平胸果然硌得慌。”

小江总监对Boss小程说：“我没想到，申月会比我先脱单。”

Boss小程推了推眼镜：“晚上我出去过节，你去我家帮我喂狗。”

小江总监不可思议地倒退几步看着他：“你虐狗就算了，还要让我去看你家那两只互相骑的公狗，你未免太残忍了！”

Boss小程挑眉：“你是第一天认识我？”

然后留下一个神秘的微笑回到了自己的办公室。

那晚申月和梁雨在家做饭吃，她说：“今天所有餐馆都爆满，我们也别凑热闹了，我给你做好吃的吧，你想吃什么？”

梁雨惊讶："我真是找了一个勤俭持家的女朋友，太幸福了。"

吃完饭两人一起在家看电影，一部老片子《剪刀手爱德华》。

看到后面，申月感动到不行，尤其听到男主角爱德华说："如果我没有刀，我就不能保护你。如果我有刀，我就不能拥抱你。"她忍不住流下了眼泪。

梁雨低头吻一下她的额头："别哭了，看你哭会难过。"

申月问他："你是第一眼就喜欢我？"

梁雨挑眉："你不是吗？"

申月摇头："我是从看到你的文章开始，就爱上了吧。我记得看你写的《杀死有趣的人》，我看到后面，眼睛都哭肿了。不知道为什么，我就是觉得，我看到了这个作者的心，太孤单了，我想拥抱他。"

梁雨微笑，眼中带着亮光："申月，你知道我这个人性格有许多缺陷，家庭也很不圆满，除了写作没什么才能。我应该很快会离开这座房子，离开那些让我伤心的过往，我想走出自己设下的牢笼，也许我会过一段很苦的日子。你怕不怕？"

申月坐起来，认真看着梁雨的眼睛："我们刚刚在一起，我不敢说我们之间的感情有多么深厚，但是如你所说，我们是彼此第一个爱的人，那么总是比以往更充满勇气的，未来太远，我们能做的，不就是珍惜每一个当下吗？"

梁雨眼眶红了，低头吻住她。

两年后的七夕，他们领证了。编辑部集体罢工庆祝了一天，第二天梁雨带申月去旅行。

在一个陌生城市的一家咖啡店，他们点了两杯咖啡，梁雨为申月点了一块巧克力蛋糕，老板正在看梁雨出版的新书*First love*，卷首语上，他这样写道：

爱让人心碎，也让人圆满，文字也是，但无论心碎还是圆满，它们都给予平凡的我们，不平凡的勇气。

梁雨问申月："真的不办婚礼，就这样旅行结婚了吗？"

申月已留长了头发，阳光下，她咬着蛋糕勺子笑得温柔："有你在，哪里都是尘埃落定。"

有多少人能和自己第一个爱的人一直到老呢？

其实有很多啊。

爱情这种事，你相信，它真的存在。

所谓传奇，不过是人山人海中，我遇见了你。

友谊万岁是尽头

共你亲到无可亲密后，

便知友谊万岁是尽头。

——古巨基《恋无可恋》

一

“陈姐，你睡了吧？四哥喝多了，不让我们动，说让你来接他。”

陈梁冷笑一声：“不是说和我绝交了嘛，接他干什么？爱死哪儿就死哪儿去！”

小飞哪边儿都不敢得罪：“陈姐，四哥那不是气话嘛，他就是离得开谁也离不开您啊。”

陈梁无奈地沉默了一会儿，说：“你们在哪儿呢？”

“金玉轩，203 包间。”

陈梁颇为鄙视地骂了一句：“又跑妙妙那儿去了，他让三哥怎么做人，他怎么这么不是东西！”

说完挂了电话，换上衣服拎着车钥匙出了门。这车是她二十八岁生日的时候兰锦华给她买的，一辆黑色的吉普，不贵，却符合她的气质，用兰锦华的话说就是方方正正中带着点儿野性。

她一推开包间门就闻到满屋子的酒味儿烟味儿，眉头皱起来，看向坐在沙发上听公主们唱歌的兰锦华。

兰锦华人如其名，外表是翩翩贵公子，实则是败絮其中的绣花枕头。早年间十分天才地做出了一些很是精妙的设计，让他声名远扬，这几年在公司里面也不好好干了，光跟着拿分红，整天游山玩水满世界跑，回来了也是每日纸醉金迷。

“你们出去吧。”

兰锦华一挥手赶走了公主们，又给自己倒了杯酒，摇晃着刚要喝，被陈梁劈手夺下：“兰锦华，你再喝一口，以后都别让你的人给我打电话，喝死你我都不再管。”

兰锦华往沙发靠背上一摊，手揉着太阳穴：“太无情了，太无情了，你忘记我们恩爱的过往了吗？”

陈梁把他的西装搭在胳膊上冷眼看着他：“我送你回去，别废话，再多说一句你今天就住这儿吧，反正上面是客房。”

兰锦华晃晃悠悠站起来，把胳膊搭在陈梁的肩膀上，一身酒气，他迷蒙着醉眼说：“不，我要去你家吃方便面。”

陈梁踹他一脚，他没稳住摔倒在沙发上。

“我说了，多一句，你就睡在这儿。我走了。”

站在门口抽烟的小飞和她打招呼：“陈姐，你不送四哥回家啊？那哥儿几个可就惨了！你行行好，万一他再找三哥三嫂闹，我们拦不住啊！”

“把他弄楼上客房去吧。他醒了你转告他，让他以后都别再找我，我说真的。”

小飞看着陈梁离去的背影，这次好像是动真格的。开门看到兰锦华就站在门口，应该是听到了他们的对话，脸色十分不好。

二

“四哥，我送你上楼休息去吧。”

兰锦华不理会：“车钥匙给我。”

“四哥，你喝太多了，根本开不了车。”

兰锦华突然笑了，狐狸眼睛闪着光：“你给陈梁打电话，就说我开车追她去了。”

小飞迫于兰锦华的淫威只好又打电话给陈梁：“陈姐，四哥开车去追你了，我拦都拦不住。”

兰锦华凑近小飞，听到陈梁在电话里面吼：“他就是个王八蛋！”

没一会儿，兰锦华接到陈梁的电话：“你在哪儿？”

兰锦华回到包厢关上门：“我不告诉你，你不是不管我吗？”

陈梁真怕他酒驾出事：“到底在哪儿？把车停在路边，我来接你。”

兰锦华报了地址后赶忙推开门对小飞说："送我到中央街。"

陈梁看到蹲在路边的兰锦华，真是一点儿脾气都没有了，她打电话嘱咐小飞来取车，然后把兰锦华扶上车。

一路上她一句话都没说，兰锦华醉醺醺的，走得左摇右摆，勉强跟她上了楼。

进了门，陈梁给兰锦华找了拖鞋，然后去厨房给他煮面。

她听到了兰锦华的脚步声，知道他就在厨房门口看着她。

兰锦华觉得不对劲，走过去看她，她用头绳低低地束着头发，戴了一个粉色的围裙，低着头，眼睛很红。

"兰锦华。"

"嗯？"

"你想没想过，这么晚了，我带你一个大男人回家，你为我的名声考虑过吗？"

兰锦华语塞。

"你总是想怎么样就怎么样，你真觉得我就没有脾气，我就真拿你没有办法是吗？"

兰锦华去握她的胳膊被她甩开："我没那个意思，我就是……饿了。"

陈梁依然低着头不看他："你就是欺负我，你知道我喜欢你，所以你就能这样，总是不管不顾的是吗？"

兰锦华叹息一声把煤气关了："再煮就烂了。"

陈梁把面倒进一个瓷碗里端上餐桌："你吃吧，吃完就走吧，让小飞接你走。我去洗澡睡觉了。你长我一岁，也是快三十岁的人了，按说我应该叫你一声四哥，很多道理不需要我和你讲。你可以在你那个情伤里面翻腾多少年不出来，但是我和你耗不起。你把我当作什么？说实话，我并不需要你这样的朋友。"

陈梁话说得狠，毫无余地，兰锦华竟然无法反驳。

陈梁摘下围裙出了厨房。她没化妆，只简单洗了个澡，换上睡衣准备睡觉。此刻，她的心竟然异常平静，以前因为人喜欢，总是纵容他，所以使两个人都陷入了这样尴尬的境地。就这样吧，哪怕再也不见，就这样吧。

坐在化妆镜前拍化妆水的时候，兰锦华推开了她的卧室门。

陈梁惊讶地回头看他："你怎么还没回去？没给小飞打电话？"

兰锦华倚着门说："陈梁，你觉得现在这样对你不公平。我是怕开始了之后，对你更不公平。"

陈梁笑了，她长得是那种英气的美，笑起来时才柔和一些："你一个大老爷们儿别这么磨叽，完了就完了，算了就算了，你出了这道门，我不会再想你。"

说完她又转过头继续往脖子上拍化妆水，脸上一点表情也没有。

兰锦华走过来，把她手上拿的那个漂亮瓶子放在化妆台上，弯腰低头，侧脸看着陈梁："你不再想我，还有谁想我？"

陈梁也微微侧头去看他，两人距离太近，几乎脸颊相碰："这我管不着。"

三

兰锦华的手放在陈梁的睡衣肩带上，他问："想做吗？"

陈梁大笑："滚，我接你回来就是怕你酒驾，你以为我们女人和你们一样都是用下半身思考的吗？"

兰锦华放开她，沉默地站了一会儿就走了。陈梁听到他换鞋和防盗门关上的声音，心中竟然没有一点失落。

第二天兰锦华去公司上班，免不了被老大训斥一番："天城公司的项目你做不成就趁早滚蛋，你说让我给你时间，三年了，你也该醒醒了，不是你的你求不来，是你的你又不珍惜，最后什么都落空了，你就开心了！你也快三十的人了，做点事业，有点出息。"

兰锦华被刺激得不轻："好，我肯定拿下那个项目，拿不下我自动走人，不赖在你这儿。"

兰锦华回到分公司就召开会议，研究和天城公司的项目："这个项目的负责人是谁？"

市场部经理汇报："是陈总。"

兰锦华一年没管公司的事儿了有些拎不清："哪个陈总？"

"陈梁，陈总。"

兰锦华在心里叹息一声，心中有些打怵，怎么就是她呢？

"我记得以前是秦朗啊。"

"上半年在天城经营不善的情况下，陈总在银行硬是贷出三个亿，还有政府做担保，今年下半年天城已经把东郊那块地批下来了，只等大展身手。现在天城的岳董把很多事都交给陈总做了。"

兰锦华和各部门讨论出一个初步的谈判方案，然后让秘书联系天城公司，陈梁的助理回复他，明天下午可以去商讨。

第二天下午，兰锦华收拾得人模狗样的去了。他第一次见到陈梁工作时的样子，其实他一直把她当作二哥的妹妹，也当作自己的妹妹。

陈梁一身白西装，卷发红唇，高跟鞋细得能戳死人，和他握手微笑时，气场两米八，真让人刮目相看。

"兰总，会议室请。"

那天的谈判双方陷入僵持，陈梁不见兔子不撒鹰，而兰锦华这只苏醒的狐狸也不会让陈梁轻易占了便宜，最后双方决定再定时间商讨。

陈梁在文德拾遗订了餐，晚上免不了又要打酒官司，她轻易不喝酒，喝的话能喝兰锦华两个来回。那天兰锦华就被喝得挺惨，最后被抬回去的。

他后半夜口渴醒来，头痛欲裂，看看手机，一条短信微信都没有，女人心狠起来真是毫不留情啊。

四

第二次谈判，陈梁答应给兰锦华一点甜头："你也知道，盛远公司给我们的价格是远远低于你们的。我之所以现在还在这里和你们谈，是看中了你们公司的设计，如果你们能够在三天内给我一个比现在这个更好的设计图，说不定我可以给你加一点价。"

兰锦华一口答应："好。"

三天后，陈梁致电兰锦华："这就是你们的首席设计师做出的东西？锦华，在商言商，这张图和废纸一样，毫无价值。"

兰锦华懂得人在屋檐下的道理，他温和地说："陈总真是高标准、严要求，你所谓的这张废纸，我卖到别家去会比你们公司给的价高，我们之所以想和贵公司合作，无非是看重你们对于完美品质的追求。这样，我亲自出设计，陈总再给我一次面子，怎么样？"

陈梁电话那头笑了："兰总亲自出山，可不是我给你面子了，是兰总给了我一个好大的面子。这样，我跟董事长请示一下，再给你们几天时间。希望这次，不要再让我失望了。”

兰锦华总觉得陈梁最后这句话是一语双关。

何成志开完会后问秘书：“刚才我看分会场的视频，兰锦华又没参会，是不是又无故旷工了？告诉他给我回电话。”

秘书打完电话又回来汇报：“董事长，没联系上。”

“没联系上是什么意思？”

“分公司那边说，兰总这几天把自己关在办公室没出来过，每天只允许秘书给送三餐进去，不让任何人打扰，说是兰总在亲自画设计图。”

何成志晚上和陈会东吃饭时夸赞道：“你妹妹真可以。”

“大哥，你什么意思？你可是有嫂子的人了啊。我妹妹也是要嫁给好人家的。”

何成志笑骂：“滚蛋！我是说你妹妹逼得咱们老四重拾旧业了，今天他没参会，我问分公司的人，说是老四这几天不分昼夜画设计图呢！其实，和天城的项目成不成倒真的无所谓，我是怕老四这么好的苗子荒废了，看来他差不多走出来了。”

陈会东倒是不高兴了：“提老四我就生气，他瞎胡混，搅和得我妹妹也不正常找对象，前前后后牵扯三四年了，也不见两个人有什么眉目。我是手心手背都是肉，有时候我都想揍他一顿，你没看他每次见到我那个心虚样儿。”

何成志抿了口红酒，颇为欣慰地说：“他也不容易，走出来就好。你知道老四这个人，他是个天才，所以有些恃才傲物，这种人也最爱钻牛角尖，抗压能力不行，我们都对他再宽容一点，有点耐心。”

陈会东点点头算是答应了。其实当年他非常欣赏兰锦华，那是一个从小就聪明又骄傲的孩子，智商超群，审美品位也绝佳，不管是从商还是搞学术、艺术都不会差。没成想，国外留学时带回来的女朋友和老三看对了眼儿。

他还记得兰锦华喝得烂醉时对他说的话：“二哥，你知道我多喜欢她吗？我捧着她，护着她，我都不舍得碰她，我怕她觉得我轻浮，觉得我不靠谱，我他妈就是个傻×！”

他们这些人早都知道陈梁喜欢兰锦华，总觉得小姑娘那点少女情怀终会消逝。陈梁工作后性格坚硬了很多，也交了几个男朋友，可在要谈婚论嫁的时候，兰锦华突然和自己妹妹勾搭上了，没事就找她出来玩儿，去她家吃饭。最后，陈梁果然悔婚了。

陈会东问陈梁：“老四是给你什么承诺了？”

陈梁摇头：“他什么都没说过。我也知道他就是寂寞。别说我傻，有机会不试一试才傻。他既然在这个时候选择了我，没有选择别人，那么我对他来说就还是有那么一点特别的。”

陈会东和陈梁相差八岁，他从没有想过自己的小妹妹已经长大，成为这样敢爱敢恨的“机会主义者”。

五

陈梁把设计图拿给岳董的时候，老头儿眼睛都笑弯了："就凭这张图，我们就能打一个彻底的翻身仗。跟他们签合同吧，按照他们要的价格给。"

签约仪式后，兰锦华本来想约陈梁周末一起出去玩儿，但是她以周末加班这种冠冕堂皇的托词搪塞了他。

这个城市的冬天都是阳光明媚的，周六那天阳光大好，兰锦华早上就开始在陈梁家楼下等，到快中午陈梁都没露面，兰锦华心里，想加你妹的班儿啊。

他忍不住打电话给陈梁："你在哪儿？"

陈梁说："在我男朋友家。"

兰锦华以为她在开玩笑："你哪儿来的男朋友？"

"你管呢！"

憋闷的兰锦华挂了电话，给陈会东打了过去："二哥，陈梁有男朋友了？"

"对啊。"

"谁啊？"

"你管呢！"

陈会东挂了电话。

兰锦华骂了一句："Shit！"

今天是全世界都要怼他吗？

其实昨天晚上陈会东和陈梁都回家了，今天是陈父的生日。兰锦华脑子转得快，琢磨琢磨买了一堆礼品上门了。

陈母最喜欢兰锦华："锦华，好久没来家里了，你有心了，还记得你陈叔的生日，中午阿姨做你爱吃的鱼，一定多吃点。"

兰锦华很擅长得了便宜还卖乖："阿姨，我还想吃陈梁做的红烧肉。"

陈梁瞪眼，陈母笑呵呵地应了："让她给你做。"

陈会东把兰锦华叫了出去，美其名曰一起去外面抽根烟，透透气。

"锦华，你知道陈梁的性格，她等了你三四年，心都磨硬了。我们没人管得了她，她向来有主意。二哥就问你一句，你是把她当作好朋友，还是喜欢她？"

兰锦华垂眸："我不知道。我只知道她是最懂我的人。那个时候所有人都让我原谅，只有她对我说，我可以选择不原谅，但是不能用别人的错误惩罚自己和无辜的人。"

他画设计图那几天，把自己逼得很紧。他不画图很多年了，手生没灵感，晚上吃饭的时候他听音乐放松，突然间脑海中就浮现了陈梁的样子。

这些年，他把陈梁当朋友，当知己，当哥们儿，当救命稻草，但是说白了他早就知道陈梁喜欢他。

其实自己没比三哥光明磊落多少，陈梁那次的悔婚，他打心底里乐见其成。

这几年他满世界玩儿，玩儿累了寂寞了就回来找陈梁。最开始她会耐着性子开导他，到了后来她的主动以及回应越来越少，最近兰锦华都有一种要和陈梁渐行渐远的感觉了，这种感觉很不好。

陈会东说："锦华，我妹妹是个果决的人，她珍惜你的时候天不怕地不怕，她不想要你的时候，浪子回头也没有用。"

兰锦华心里一沉，陈会东这句话让他心里七上八下的。

吃完饭，神助攻的陈母把陈梁赶走了："你最近周末天天往我这儿跑，年轻人就有点年轻人的样子，去，和锦华出去玩儿玩儿，别成天宅在家里，我看着烦。"

兰锦华心里高兴，看看陈梁的脸色，她没不高兴反而笑呵呵的："行，妈，那我不帮你收拾了。锦华，我们走吧。"

兰锦华屁颠屁颠地拿着车钥匙跟着陈梁出了门，不忘感谢助攻的陈母："阿姨我先走了，改天再来看您。"

陈会东站在陈母身后，有些同情地看着兰锦华。

前途未卜，笑得嘴都咧到耳朵边儿上去了，傻！

六

陈梁说："你什么事就快点说，我没空儿和你周旋。"

兰锦华没想到陈梁这样直白，只能装样子，很正式地说："我就是和你说说咱们两个公司合作的一些细节。"

陈梁摆弄着自己的碎钻耳钉，笑得很狡猾："你工作日再来找我谈，现在是我的休息时间，麻烦送我回家。"

兰锦华问："你到底怎么了。"

陈梁疑惑："什么我怎么了？"

兰锦华哄着她说："别闹别扭了。"

陈梁笑得更开心了，拿出化妆镜和口红补了个妆，眼角余光看着兰锦华扭头在看她表情："有些事你可能搞错了，麻烦在前面那个路口停车。"

兰锦华依言行事，陈梁下了车，兰锦华也不走，没多一会儿一辆车停在路边，下来一个高大的男人给陈梁开车门。陈梁上了那辆车，车子绝尘而去，留下兰锦华呆在原地，很久之后，震惊消退，愤怒一点点占据兰锦华的内心。

当天晚上，兰锦华看到那个男人送陈梁回了家。他在车里面看了一会儿，等陈梁上了楼他才下车。

陈梁刚进门就听到有人敲门，兰锦华脸色铁青地站在门外。

她让他进来："你永远不会挑一个合适的时间来找我是吗？

我说了，你这么晚来我家，为我考虑过吗？”

兰锦华心里不高兴，立刻回道：“我再考虑你就跑没影儿了，我管你什么影响不影响的！”

陈梁叹气：“你什么时候能长大啊？说实话，锦华，这几年我觉得跟养儿子一样操心。”

她倒了一杯水放在客厅茶几上：“喝点水吧。”

看陈梁对他这么客气，兰锦华更郁闷了：“你可以教训我，但是你不能直接判我死刑，我今天看你就那么走了快气死了。所以我来问问你，我错在哪儿？你为什么不理我了？为什么你要离开我？”

陈梁有些无奈，她把手表摘下来放在茶几上：“锦华，你知道我什么时候喜欢上你的吗？”

兰锦华摇摇头。

陈梁轻声说：“我喜欢你的时候，你二十岁，我十八岁，现在已经过去了十年。那时候你整个人都是闪光的，优秀到让人嫉妒。我喜欢那个时候的你，可那时候你根本都看不到我。我就想，我一定要变得更优秀才能配得上你，所以你去哪个学校读书，我也努力考到那所大学，你做建筑设计，我就也做建筑行业。因为我父母的关系，我很小的时候就知道，旗鼓相当的爱情可能才会长久，可是没想到后来的你，已经不足以让我仰望了。锦华，十年前到现在，我爱的都是当初那个闪闪发光的你。”

陈梁这话说得很伤人自尊，兰锦华说：“我知道我现在在你眼里就是一个靠家里、靠大哥他们混吃等死的人，但是陈梁，你为什么早不离开晚不离开，偏偏要在我喜欢上你的时候离开？”

陈梁摇摇头，笑着说：“锦华，这很现实，但这就是人心，不停在变。你还不明白吗？”

兰锦华有些愤怒，他站起来俯视着陈梁：“你什么意思？你和她当初一样是吗？有更好的，就离开我是吗？”

陈梁摇头：“我没这个意思。我的意思是，喜欢谁是我的自由，不是吗？你有什么权利干涉？至少，我们并没有在一起过不是吗？以朋友的立场，或者只是熟识的立场，你为什么要管我？你喜欢我，和我有什么关系？就像我曾经喜欢你，你不喜欢我，我也没什么办法，对吧。”

兰锦华哑口无言。

陈梁说：“锦华，别牵扯下去了。前阵子看到你重新画设计图我真的很开心，你真的是个天才，我希望你能明白，无论什么时候我都会真心盼着你生活得更好，但是也只是这样了。你曾经不过是仗着我喜欢你，但是现在，我放下了。”

兰锦华突然笑了，这个笑容让陈梁看不透。

他温和地说：“好，那你休息吧。我先走了。”

七

兰锦华突如其来的好脾气让陈梁有些意外，他走后陈梁坐在沙发上很久没有回过神来。

女人啊，嘴上厉害，说得绝情，到底不是完全不为所动的。

她想起今天哥哥问她的话：“你是真的就不给老四机会了？”

陈梁深知两人的问题在哪儿：“以前总是我追着他的脚步走，一走就是十年，他都已经习惯了。因为容易所以轻慢，所以不珍惜。我们两个之间的感情并不平等，哪怕他也喜欢上了我。所以只有置之死地而后生，让他经历求而不得，我们之间才能走得远一些吧。”

陈会东当时非常为兰锦华感到忧虑：“妹妹啊，你心狠啊！万一玩儿砸了怎么办？”

陈梁那时候在给一盆散发着奶油味道的栀子花浇水，她低下头闻那花香：“那又如何？从我悔婚那一刻起，我对于兰锦华就不是抱着百分百的把握，现在他的心在我这儿，我更加不怕。况且，我未必就非他不可，他不是当初的兰锦华，我也不是当初的陈梁。怎么算，都是我赢。”

兰锦华公司收到了天城公司的合作款，晚上公司聚餐，他在金玉轩摆了几桌，吃完饭一众人去三楼的酒吧玩儿。

兰锦华一眼就看到了陈梁，她坐在角落的一桌，旁边是那天开车去接她的周晓川，还有三哥王远泽，以及现在的三嫂，曾经的前女友妙妙。

他有些好笑地想，自己现在走过去，这个场面一定很有趣。这一桌的关系，也称得上是错综复杂了。

妙妙看到了他，有些求助地去握王远泽的胳膊，一桌人看过来。兰锦华把卡给了秘书让她最后买单，然后向着陈梁走了过去。

王远泽先和他打了招呼："老四，你这是人逢喜事精神爽？听陈梁说你和天城的生意谈成了，今晚你们随便玩儿，三哥给你们免单。"

兰锦华开朗地笑，露出白而整齐的牙齿："谢了三哥，这点儿钱我还是有的。我这不也是借了陈梁的光吃口饭嘛！"

陈梁正在和周晓川耳语，听到这句回过头笑着说："四哥，你真会拿我开玩笑，我哪有那个能耐。"

这声"四哥"让兰锦华心里很不爽，他点了一杯酒，然后貌似不经意地问："这位是？"

周晓川隔着陈梁向兰锦华伸手："久仰，我是陈梁的朋友，周晓川。"

兰锦华和他握手，很快松开："陈梁，我怎么不知道你有这么个朋友？"

陈梁今天穿得很性感，黑色的连衣裙，裙子到膝盖的位置，脖子上戴了一条黑色的项链，还剪了个短发。兰锦华注意到她锁骨的位置纹了一只活灵活现、展翅欲飞的蝴蝶。

“四哥，你比我亲哥都烦，我是不是什么都要和你报备啊？”

陈梁笑着说，然后突然话风一转：“妙妙，你说他们这些男人是不是都有点婆婆妈妈的？”

妙妙很怕兰锦华，只能说：“锦华也是为了你好嘛。”

王远泽感觉氛围有点微妙，兰锦华眯着眼，看陈梁和周晓川的眼神着实不大友善，他赶忙说：“锦华，你让我帮你买的东西我买到了。你和我来看看，就在楼下办公室呢。”

“好。”

兰锦华一离开，妙妙松了口气：“陈梁，你和锦华怎么了？”

陈梁拍拍妙妙的手：“放心吧，我不会让他乱来。”

王远泽把拍回来的项链递给兰锦华，黑色绒面方形盒子里面精美的钻石吊坠美轮美奂。

兰锦华仔细看了看成色，很是满意：“你说陈梁会喜欢吗？”

王远泽站着说话不腰疼：“不喜欢你就给我，我喜欢。”

“滚滚滚。”

兰锦华没再与陈梁纠缠，和公司的人一块儿喝酒跳舞去了。他长得出色，跳舞的时候不少女人凑过来，陈梁瞟了一眼小声骂道：“聊骚。”

等兰锦华跳完舞回来的时候，沙发那角一个人都没有了，他打电话给王远泽："陈梁去哪了？"

王远泽嗤笑："自己去问啊，我要睡觉了，再见。"

兰锦华挂掉电话往外走，一个漂亮姑娘问他："帅哥，你叫什么名字还没告诉我呢。"

兰锦华回头去看那女孩儿，穿了一双纹身丝袜，妩媚且风情，刚才还在一起跳过舞，他却觉得自己一转身就能忘了这个人。他挥挥手没有回答，转身离去，心中却想起了陈梁纹在锁骨上的那只蝴蝶。

心里想，聊骚！

八

兰锦华又一次在大晚上敲了陈梁的房门。

没人开。

他很烦躁地不停敲。

身后响起熟悉的声音："兰锦华，你要把我的门敲碎了。"

兰锦华回身看陈梁："开门。"

陈梁不开并骂道："滚！"

兰锦华温和地笑了笑，这笑让陈梁感觉到了危险。果然，陈梁立马被按在了门上，他捞起她的细腰低下头疯狂地吻她，待停下之后，他问："开不开门其实我无所谓，你想开吗？"

陈梁擦了一下嘴，权衡利弊，有些无奈地回答：“想。”

兰锦华这才放开她，陈梁翻钥匙的时候把包掉在地上，里面的东西掉了一地，她去捡。俯视的角度让兰锦华看到了她纹的那只蝴蝶，还有衣领内若隐若现的风光，于是他又把她拽起来，想要亲她的时候被她踹了一脚，这时陈梁也来了脾气，指着鼻子训他：“你给我消停点！”

兰锦华得了便宜不好再卖乖，松了手，蹲下去帮她捡起包，翻出了钥匙，打开门，一套动作行云流水。

进了门，两人换了鞋，在客厅沙发上相对而坐。

“你什么意思？”

“你是指我亲你还是指我又来敲房门？”

“兰锦华你是不是抽风？”

陈梁都不知道该怎么骂他，太阳穴一跳一跳的，心也慌。

兰锦华倒是挺开心：“陈梁，这话你说得不地道，男女这档子事，一个巴掌绝对拍不响，我觉得是你先勾引我的，我上钩了，你还骂我，没这个道理吧，你不负全责也要负一半的责任。”

“你哪儿那么多歪理！”

“我发现和你讲理你就把我推得越来越远，搞对象谈恋爱也不是讲理的事儿。陈梁，我就问你一句话，你真的就一点儿都不喜欢我了？”

他说这话的时候表面镇定，心里面真的紧张。

陈梁向后靠在沙发上："一点儿都不喜欢这种话太绝对了，我也不敢说，但是我确实有想过，选择喜欢你是一个错误。"

兰锦华心中不爽："你有想过选择其他人是吗？"

陈梁挑明了说："你指的是周晓川？"

"对。"

兰锦华觉得心里很闷，补充道："我让你等了太久，是我不对。"

陈梁低着头一直不看他，摇摇头说："不是。"

兰锦华狠狠心问："那我再最后问你一句，你还愿不愿意跟着我？"

陈梁沉默了很久："说实在话，我折腾累了，而且我也不是那种小女生，就靠着你们男人过活。这些年我一直陪着你，也算是你陪着我，其实就是互相陪伴吧。我不知道友情向爱情的转变会怎么样，我们太熟了，我也清楚我对你的喜欢逐渐变得淡了，但是也许也更坚固了。如果你认定我，你也喜欢我，我可以答应和你试一试。但是……"

兰锦华着急了："但是什么但是，怎么还有但是啊？我听懂了，就是你答应了。"

陈梁又有种面对幼稚儿童的感觉："听我说完。"

"好，你说。"

"锦华，你这些年，一直在消耗你自己，消耗自己的才华、青春、爱，也在消耗我。只有你答应我，以后不会再做消耗彼此的事，认真地对待生活和感情，我才能答应和你在一起。我不是一个轻易相信许诺的人，但是你说，我就信。我相信你给我的承诺，这就是我给你的承诺。”

兰锦华把领带松开，有些垂头丧气：“我知道我一直让你失望，我知道你一直在以友情的名义爱我，是我有眼无珠。从周晓川出现我才清楚感觉到，我一点都不希望看到你和别的男人在一起。我答应你，从此以后我都珍惜生活，珍惜你，希望你能再给我一次机会。”

对面的人没有回应，兰锦华的心沉到谷底。他抬起头看到陈梁也低着头，用手挡着脸，他走过去拉她的手，陈梁把他的手甩开，他看到陈梁的脸上布满泪水，那一刻他觉得心慌。这些年，他从没有见过陈梁流泪，她比一般姑娘都有主见、有强大的社会生存能力，似乎没有什么能够打倒她。

他蹲下来道歉：“我哪里说得不对吗？你告诉我，我都改，你别哭，你要是不愿意的话我也不勉强你，大不了我从头追你。反正我不会给别人机会的，什么周晓川、王晓川都有多远滚多远，就算是你要和别人结婚，我也敢去抢婚。你相信我，我有勇气有能力给你幸福，再也不会让你等我让你哭了。”

陈梁没有说话，默默擦干眼泪，伸出手，拥抱了兰锦华。

这一生已经很知足，我和你是最好的朋友，也将是最好的爱人。

你说了我就信，这是我给你的承诺。

友谊万岁是尽头。

爱情，没有尽头。

我的心告诉我，它愿意陪你看，细水长流。

相逢一笑

那些如歌岁月，
都在这相逢一笑中隐藏，
都在这擦肩而过中埋葬。

一

程灿今天丢了一单生意，还不小。她有些郁闷，晚上就约了莫峰喝酒。

莫峰有应酬，来得晚一些。他到的时候程灿已经把自己喝多了，她坐在酒吧角落里安安稳稳，只是眼睛特别亮，闪着兴奋的神采。

“嘿，你来了。”

莫峰把风衣搭在沙发扶手上，里面还穿着一件挺括的衬衫，他给自己倒了一杯酒：“心情不好。”

程灿在这醉醺醺的当口还能听出他用的是肯定语气而不是疑问语气。

“唉，别提了，好不容易得来的升职机会泡汤了。”

莫峰笑的时候才显得柔和一些：“需要帮忙吗？”

程灿摇头：“不用，来日方长。我这么年轻貌美有能力，升职都是迟早的事。”

莫峰对她的迷之自信有些无语。

程灿知道莫峰是闷葫芦，也不和他攀谈，自顾自喝酒。后来看她有些醉得厉害，莫峰才伸手夺了程灿的酒杯：“别喝了。”

程灿是个特别要面子的人，什么时候都要求自己绝不失态，她点点头，站起身挽起莫峰的手臂往外走。

出了酒吧，莫峰的司机把车开了过来，程灿拽着他一起坐在后排座位上。

程灿抱着莫峰手臂不撒手，扒着他的肩膀泪眼汪汪地看着他。莫峰头发长了一些，梳成早些年港星那种三七分，好在他气质清贵，倒更显得有味道。

“你看我干什么？”

程灿突然凑过去吻他，莫峰躲开，有些难堪地看了眼前面开车的司机：“别借酒装疯。”

程灿笑了：“莫峰，我有时候想不明白，你到底把我当作什么？我们不是朋友，不是男女朋友，不是炮友，我们难道是陌生人？”

她的语气尖锐，莫峰有些无奈地看着她：“回家再说。”

程灿放开他的手臂：“没什么好说的了，没必要了。麻烦停车。”

莫峰知道拦不住她，就跟着她下车。

程灿走得很稳，她听到他一直不紧不慢地跟着她的脚步声就更加来火，回头就骂：“滚！”

莫峰严肃的时候显得整个人都特别特别冷漠，也很男人。他叼着一根烟，看她停下脚步，就慢悠悠拿出打火机点燃：“程灿，你要答案，要名分，要什么我都可以给你。但是你有没有想过，我们到底适不适合，你是不是真的喜欢我。”

程灿笑了，妩媚又单纯的样子，她下巴微微扬起：“我说了，滚。”

莫峰咬着烟笑道：“你试试第二次对我说这个字。”

没等她开口，莫峰大步走过来，风衣的衣角被春风扬起，他一只手抓住她的两只手，另一只手把烟夹在手中按住她的后脑勺就吻下来。程灿挣脱不开又想踹他，被他几步推在一棵路边的大树上，他的腿压着她的，让她动弹不得。

等莫峰放开她的时候，程灿慢慢平复了呼吸，她低着头说：“我今天遇到黎然了。”

她感觉到莫峰后退了一步。他用食指弹了一下那根烟，烟灰掉落，程灿抬起头时就看到莫峰含笑的一双眼，却让人觉得比平时更加疏离：“程灿，你真是不知好歹。”

那天晚上程灿还是被莫峰送回了家，只是从那以后她再未见过他。

二

程灿第一次遇到莫峰的时候也是在春天，杏花春雨的日子。那时她刚刚和黎然分手，整个人都很颓废，身旁的朋友便想着法子找她出来参加各种集体活动，她总是拒绝，后来大家也就不再提了。

闺蜜莫圆圆结婚前搞了一个单身派对，她推脱不开，便把自己收拾得人模狗样的去了。

就是那天，她见到了莫峰。当晚下了大雨，莫峰进门的时候头发和肩膀都有些水，眼睛墨黑墨黑的，他有些严厉地看了一眼站在桌子上跳舞的莫圆圆："下来。"

莫圆圆喝得舌头都大了："堂哥，你，你，你找我有事儿啊？"

大家都基本上喝高了，很多人没注意到门口这边，程灿坐在正对着门口的沙发上，好奇地看着这对容貌出色的兄妹。

"明天就结婚了，你这是什么样子，跟我回家。三叔找你都快找疯了。"

莫圆圆一扁嘴就哭了："哥，我不要结婚，我不想嫁给那个人，我都没见过他几次。"

那时的莫峰头发剪得很短，英气勃发，皱着眉的样子帅得一塌糊涂。最后还是莫峰败下阵来，无声的拉锯战以他的心软结束，他拍拍莫圆圆的肩膀，像是安慰："早点回家。别让他们担心你。"

然后就推门离开了。

莫圆圆窝进沙发里对程灿说："程灿，其实我真羡慕你，爱和恨你都能自己选择。"

程灿那时候本就有些抑郁，根本受不了莫圆圆那样悲伤地看着她。

"圆圆，我们都要想开些。"

这句话其实连她自己都没说服，她和黎然四年的感情，那是他们最美好的年华，到了后来就像亲人一样难分难离。又喝了一杯酒，她就拎着包离开了。

走到门口发现在下雨，根本没法出去打车，她穿得很薄，一件白色风衣，里面是一件杏色的连衣裙。

"你是圆圆的朋友？"

莫峰刚才被相识的人拽进了另一个包厢，刚刚脱身出来，就看到先前那个一直盯着他看的女人。

程灿微笑，眼睛亮亮的："是的。"

"我送你回去吧。"

程灿迟疑了一下，看看外面的大雨点点头："麻烦你了。"

上车后程灿才知道莫峰为什么要送她回家："圆圆对自己的婚事很不满，希望你们这些朋友多劝着她点儿。"

程灿苦笑，她还需要人劝呢，又怎么劝别人。

“恕我无能为力，站在我朋友的立场上，我觉得她一生的幸福都因为家庭而牺牲，十分不可理喻。”

莫峰有些诧异她的直接拒绝，他揉揉额头也有些烦闷：“处境经历不同，所以你没法理解。”

程灿和黎然分手就是因为狗屁的门不当户不对，说她不懂，笑话，不就是封建思想，不就是笑贫不笑娼，不就是仗势欺人，不就是把婚姻当作政治商业工具吗？

她嗤笑一声：“麻烦把我放在前面的地铁站就可以了，谢谢。”

然后再未和莫峰说过一句话。

他们的第一次相遇，莫峰就戳到了程灿的痛处，然而这只是一个开始。

三

程灿第二次见到莫峰，是隔着长长的会议桌，莫峰坐在主位正中，而她在最角落。莫峰看了他们的设计图，抬眼对翰墨公司的许总说：“你们的设计确实很新颖，但是品质不够，和慧文公司的新产品还是存在一定的差距。”

程灿写了个纸条给许总，许总看了两眼，对莫峰说：“如果您觉得这批材料不够品质，我们可以更换材料，据我所知慧文用的是台湾生产商的材料，我们将与德国GU公司达成合作，准备使用他们最新研发的材料，具体我会让产品经理给您送来材料说明，我们还会开发新的文教用品领域，准备专业生产B&W黑板、软木板等教学用板，我想您会感兴趣的。”

莫峰侧头和旁边的人轻声讨论了一下才点头：“好。”

程灿松了一口气，合作的事总算有了缓和，没有死刑立即执行。

许总与莫峰都起身，二人微笑握手。

回去的路上许总对程灿说：“你确定能够拿下GU公司的材料吗？他们的价格太高，至少压下去5%我们才有利润空间，如果材料拿不到我们也无法和恒鑫公司达成最后的合作，毕竟慧文才是这个行业的龙头老大，我们的优势确实不足。”

程灿自信地看着许总的眼睛：“我保证在一周内拿下GU的材料，势在必得。”

许总笑起来桃花眼上挑：“好。”

为了拿下GU公司，程灿寻求了多方帮助，好在功夫不负有心人，程灿压下了8%的价格与GU达成了合作，一周下来她瘦了将近5斤，公司的人都叫她“拼命灿”。

与恒鑫签订合作协议那天，程灿明艳动人地参加了晚上的酒会。莫峰第一个就邀请她跳舞。

程灿忍痛买了一件Chanel的红色礼服。她本就长得美艳，一身行头更让她充满自信。她承认自己对莫峰有好感，从第一次见到他，他就那样的吸引她，很大程度上莫峰比黎然当年对她的诱惑更大。

她和黎然相遇是在大学，那时候他们都是学生，单纯无知得一塌糊涂。黎然温和帅气，她张扬美丽，他们在一起如此相配。

程灿因为与黎然一起在新年晚会上合作了钢琴合奏而相识相爱，那时候她觉得黎然一定是这世上最完美的男人。事实上他身上的温和有礼还有清贵的气质都是因为他自小成长在一个特殊的家庭，这完美后来就成为了不完美，成为了他们之间永远无法逾越的鸿沟。

分手的时候没有狗血电视剧中的男方母亲找她谈话或者开支票，而是黎然对她说："程灿，我们分手吧，我要订婚了。"

程灿觉得特别荒唐："那你觉得我们在一起这几年怎么样？你如果早知道我们没法在一起，为什么还要开始？"

黎然走过去紧紧地拥抱了她，除了"对不起"这三个字没有别的解释。

也是，无非是不够爱罢了，她还需要什么解释呢？

程灿觉得自己就像一个笑话，她推开黎然冷静地说："滚。"

黎然一脸的愧疚："你别这样，和你在一起我真的特别快乐，这种快乐是任何人都无法替代的，我永远永远都不会忘记你，我爱你程灿。”

程灿笑了：“黎然，我看不起你。你的爱现在对我来说，一文不值，记得，是我先不要你了。”

黎然眼睛通红，别过脸忍着眼泪：“我没有办法，程灿，我真的是身不由己。”

程灿转身就走，黎然要跟过来却听到说：“分手就彻底点，从此桥归桥路归路，我不想再见到你。”

黎然止住脚步，望着程灿决绝的背影，他不用看也知道，程灿已然泪流满面。

再坚硬的女人，剥去外壳，都有一颗柔软的心。他瞒了程灿四年，自私的，不甘心的，然而最终还是败给了自己的家庭、金钱、未来。

这一切如同惊涛骇浪，他无力去抵抗，只能随波逐流，与她渐行渐远。

四

人和人之间是否彼此有感觉，通过眼神就能读懂。程灿总是毫不掩饰自己的好感，莫峰则不主动不拒绝，两人仿佛成了朋友，偶尔莫峰有需要女伴陪同时就会叫上她，程灿有难题也会向他寻求帮助。

可是这样的关系让程灿觉得很被动。当年黎然追求她，相爱的四年也都是黎然在照顾她，让她觉得无时无刻不在被爱。

而莫峰是一个远比黎然复杂的男人，他精明市侩、冷漠自我，说白了，是程灿无法掌控，一个能够征服她，却不会轻易被她征服的男人。

如黎然那样温和的男人姑且会在心里藏着那么多事，程灿对于莫峰更是一点也看不懂。

就连莫圆圆都劝她："灿灿，我劝你早抽身，别让自己真陷进去。我那个堂哥不是一般人，他二十六岁就已经在商海浮沉，独当一面了。"

程灿了然苦笑："你说的这些我都知道。当年黎然瞒着我的时候我特别伤心，可是如今莫峰什么都不瞒着我，我更加难过。黎然至少是对我有感情的，但我看不到莫峰的心，我觉得很累，可是他那么好，我不甘心。"

莫圆圆点了一根烟："说句实话，其实我堂哥就像是一个奢侈品，女人都想拥有，但是没有足够的资本就没法拥有，只能隔着橱窗看着。这些资本中，除了美貌，更多的是阶层、家庭、财富。程灿，如果你不能让他爱上你，就让他对你愧疚吧，男人也会因为愧疚离不开你，你看我老公，他为什么对我这样好，不是因为爱，因为愧疚。"

程灿把她的烟抢下来按灭在水晶烟灰缸中："我偏要他心甘

情愿爱我。”

莫圆圆没有告诉程灿，她执拗地说这句话的神情很美，连莫圆圆都因此燃起了希望。

程灿和莫峰的关系因为那天她的挑明而陷入了僵局，也许是她太心急了，可是她不后悔。她是个心中有决断的人，算了就算了，放下了就不再回头。做不到心甘情愿，大不了分道扬镳。

她说见到了黎然是真的，不是为了刺激莫峰，她说那句话是为了告诉莫峰，她不会再爱第二个黎然，她不愿意只是和他拥有一段美好回忆，然后就因为那些世俗原因抛弃她，使她成为他的旧人、他的回忆。她就是要他爱她，可以爱得没有那么多，但是要很久很久，久到成为深爱。

和黎然重逢就是她升职泡汤那天，对方公司把她的产品批得一无是处，宣布合作无法达成。她走出会议室的时候觉得头重脚轻，她以为自己已经忘记了黎然，事实证明她从未忘记，那种耻辱的感觉记忆犹新。她今天发挥失常，在很大程度上是因为，黎然就坐在她的对面，他一直看着她，而她尽量回避他的眼神，让自己保持镇静。

黎然追出来邀请她共进午餐，他没有了以前的温柔，变成了一个在商场叱咤风云、果决杀伐的男人。程灿对他仅剩下缅怀，时间果然是良药，爱恨都变得模糊，只有时光最清楚。

黎然说："程灿，你更漂亮了。"

程灿笑着回应："漂亮女人总是情路坎坷，别咒我。"

黎然笑了："看来你还变幽默了。"

"自嘲总比别人嘲笑好。"

黎然装作听不懂她话语中夹带的刀枪棍棒："这几年你怎么样？"

程灿不答反问："你这几年怎么样？"

黎然沉默不语，只是用那双如同往昔一般温柔的眼睛望着她，许久才说："我怕我说我很想你会被你扇巴掌。"

程灿喝了一口咖啡："我再厉害有什么用。"

她没有把话说白，但是黎然心里明白她的意思。

"程灿，当年的事你我都不愿再提，但我希望你已经走出来了，你比我勇敢，我希望你幸福。"

程灿起身穿风衣："别跟我拽心灵鸡汤，再见，黎总。"

黎然看着她踩着十公分高的高跟鞋摇曳身姿离开，那晚他和一群老友在KTV喝了一通宵酒，一直听着那首《你是我心爱的姑娘》。

歌词让人心碎。

我从不会轻易许下任何诺言

也从不会为一个人如此心碎

而现在我可以敞开我的内心
你是我唯一真心爱过的姑娘
可突然有一天你离开了这里
带走了整个世界没留一片云
从此我就像抽离麦芒的青稞
在那凄风苦雨中晃曳彷徨
但是希望你明白
我就在你身旁
无论你在多远的地方
即使你变了模样
即使你把我遗忘
你永远都是我心爱的姑娘

五

再遇着莫峰的时候，已经是盛夏时节。莫圆圆生了宝宝，程灿去探望，刚一进门就看到抱着孩子的莫峰和莫圆圆的老公在笑谈些什么。

两人对视一眼不动声色地都别过头。

莫圆圆这个月子坐得辛苦，夏天也不能开空调，所以她暴躁无比，仿佛得了产后抑郁症，把她老公折磨得欲哭无泪。

程灿安抚她："很快一个月就过去了，你看小宝宝长得多好看。"

刚才，莫峰把小宝宝交到程灿手上之前严肃地问她："你会抱吗？"

她眨眨眼："你教我？"

莫峰还真就认真地给她讲了抱孩子的要领，严肃得让她不禁笑出声来，惹得他瞪了她一眼。莫圆圆无聊中终于有了能够消遣的八卦："你和我堂哥怎么回事？吵架了？气氛怪怪的。"

程灿低头逗着睁眼看她的小宝宝，无所谓似的说："翻篇儿了。我总不至于同一个阴沟翻两次船。"

有些话她永远不会说，只有那支蜡烛会知道，她曾想给人一个家，一个时刻有光亮的家，那支蜡烛就是她的爱情啊。

莫圆圆说："虽然我、黎然，我们这些人都没能拥有自己的爱情，可是我很希望你们两个能在一起，我还是相信有人能够得到。"

程灿把哭了的宝宝小心地放到莫圆圆手中："我这人吧，命中带衰，哪有那么幸运。"

离开的时候，她和正在往里走的莫峰擦肩而过。

他微笑挑眉问："走了？"

程灿也微笑回礼："再见。"

莫峰清冷的声音响起："等等，我送你。"

程灿回过头，看到莫峰取了茶几上的车钥匙与妹夫道别，走过来的时候揽着她的肩膀一起往玄关走，程灿觉得心都要跳出来了。

她穿了一双高跟凉鞋，长长的带子繁复地绑在脚腕上，莫峰耐心地等着她，程灿觉得手都出汗了。

莫峰今天开了一辆高大的车，程灿上车的时候拽着自己的裙子以免走光。

余光扫去，莫峰好像瘦了，头发剪短了，显得整个人更加清癯精神，也更男人。

“听说你升职了？”

程灿看着他的侧脸回答：“是。难为莫总，我这样的虾兵蟹将升职竟然都传到了您的耳朵里。”

莫峰笑了：“你是不是不挤对我都不会说话？”

程灿有些别扭，转过头不再言语。

莫峰在等红灯的空当儿认真地看着她：“哑巴了？”

程灿瞪他：“你不是不让我说话吗？”

莫峰偏过身子捏着她的下巴吻上去，咬着她的唇说：“不说话的时候确实比较可爱。”

她推他，被他握住手，听到后面车的喇叭声才放开手，重新启动车子，涌入前方无尽的车流。

“莫峰，你什么意思？”

程灿知道此话一出，便是破釜沉舟了。

莫峰把冷气开得更足一些：“你说我什么意思。”

反将她一军。程灿热烈跳动的心平复了一些：“我可以理解为‘你喜欢我’这个意思吗？”

莫峰今天笑的时候特别多，他带着笑意瞥她一眼：“可以。”

程灿又开始患得患失：“为什么？”

莫峰不走心地反问：“什么为什么？”

程灿问：“为什么喜欢我？”

莫峰坦言：“你不甘心，难道我就甘心？”

不甘心和黎然一样，变成你的旧人。

六

莫峰对程灿最初的印象定格在莫圆圆单身派对那天。程灿穿了一件连衣裙，裙摆很短，身材爆好，只是那天的眼妆花了，她就用那双明亮的眼睛盯着他，引得他多看了她两眼。

没成想后来会和他们公司有合作，她表现得比平常的年轻人更加有头脑，达成合作那天，宴会上的她也的确让人惊艳，但也仅此而已。他的生活中最不缺的便是美女，她不是最好的那个，也不是最特别的那个。

可是怪就怪在他并不反感她的靠近，大抵是因为她是个直白单纯的人，一眼望得到底，热烈纯粹，爱就会爱得轰轰烈烈，恨就会恨得彻彻底底。

莫峰身边的女人大多强势，又带着些世故精明，被岁月打磨得失去了真正的灵魂棱角。而程灿不同，她虽然要强，但很真实。

有一次莫峰带她参加一个酒会，他被灌醉，她送他回家，却突遇停电，她问他："你这儿有蜡烛吗？"

他乐了："你找找。"

她打开手机的手电筒满屋了找，直到他忍俊不禁道："你还真以为我这儿有蜡烛啊。"

程灿不解："家里连个蜡烛都没有，停电了都没个亮，这哪儿是家啊？家什么时候都应该有光亮。"

莫蜂过生日的时候程灿送给他一个盒子，打开里面是一盏精致的烛灯，欧式烛台精心雕琢，白色的蜡烛晶莹剔透。她神采奕奕地说："这个没有味道的，知道你不喜欢香味。"

原来他们已经认识这么久，原来她已经熟知了他的喜好，她希望他在停电的时候也能有一个充满光亮的家。

他一瞬间很感动。

说实话，他少年老成，进入社会也早，经历了商海的尔虞我诈，一颗心早就坚硬到面对很多情感都极为麻木。但是那一刻他仿佛因这支蜡烛照亮了内心的一角，一个女人必然是带着怜爱的心情才会送给你这样的礼物，这样冷漠、强大的他，也会被人怜爱，他觉得可笑又可贵。

莫峰曾经对程灿说过，每个人的处境和经历不同，所以看待事物的态度也会不同。

他说的是大实话，对于所谓的政治商业联姻，他并不觉得有什么不妥，身边比比皆是，甚至他的父母也是这样过了一辈子。

他从很小时就被教育要做一个合格的继承者，要承担对于一个家族企业的责任。

在国外读书的时候他也曾轰轰烈烈地爱过一个女孩儿，也曾想过要把她娶进家门，只是那个女孩太软弱，没等他退缩，就已离他远去。

年岁愈长，他越能了解那个女孩儿的心意，不是不爱，只是这爱在很多事情面前显得那么微不足道。

而他也没了当年的年少轻狂，没有那个心气儿，想要护着一个不适合自己这样家庭的人在一起。

程灿那天的表白让他有些措手不及，她那天真的喝醉了。其实她骨子里很被动，因为长得漂亮，男生几乎从小追到大，只是在他面前，情之所钟，情难自控。这让他心动，但不足以让他下定决心。

她的表白，打破了他们之间说不清道不明的平衡，让一切都偏离了轨道。

见她难受，莫峰心软，表态说要什么都可以给，只需要她想好利弊，也许他们并不适合。

其实，莫峰只是想说，只要你勇敢，跟我来。

他们都遭遇过爱人的退缩，如今不过是求一个全力以赴。

没想到程灿却说她遇到了她的前男友。这让莫峰觉得她不知好歹，没心没肺。

她的表达让莫峰以为，她还在意黎然，并且今晚的所作所为都是为了把曾经破灭的，在莫峰身上实现。

七

和莫峰谈恋爱的感觉很微妙，也许他们的暧昧期太长，所以并不多么热烈，但依旧让程灿觉得心动。

莫峰一有时间就带她旅行，陪她逛街看电影，与普通的情侣无异。但他工作太忙，总是出差加班，他们见面的日子并不多。程灿心疼他，把十八般厨艺在他面前显摆了显摆，莫峰每次都很捧场，全部吃光。

她和莫峰在一次宴会上遇到了黎然，那是唯一一次莫峰有明显的情绪显露。回到家，他把她按在门板上狂吻，那么不露形色的人却明显带着愤怒。他问她：“还想着他吗？”

她摇头。

他又问："那会忘记他吗？"

她还是摇头。

他咬了她一下："可恶的女人。"

程灿那天穿了一件香槟色礼服，长发烫卷披散着，她用天真又无辜的眼神看着他。莫峰觉得自己再也无法忍耐，他终于遇到了一个让他想要占有的女人，一个不容她退缩的，必须站在他身边的，荣耀或是苦难一起面对的女人。

混乱的一晚。

第二天清晨，程灿醒来，望着一旁莫峰沉静的睡颜，依恋地窝在他怀里，轻声说："我不会忘记黎然，他让我清醒，我很确定我要找的是一个愿意接纳我，愿意带着我往前走的男人。只要你愿意，我什么都不怕。"

她以为是自己的内心独白，却听到他低沉的声音："没什么可怕的。多少富豪娶了平常人家的女孩，何况你长得好看，至少报纸上会写什么现代的灰姑娘之类的词语。"

程灿扯扯嘴角："你不挤对我是不是也不会说话。"

莫峰低声笑，她听得清清楚楚："就这样互相挤对过一辈子很好。你觉得呢？"

程灿惊喜地看着他："你是在求婚吗？"

莫峰去吻她的手指，程灿这才发现手上有一枚太阳形状的钻戒："你给我烛光，我给你阳光。你是月亮，我就是太阳。你以为我们有黑天白夜的区别，其实我们在同一片天上。"

程灿一时哽咽，她听懂了这个闷骚男人的情话。他和她有一样的心情，怜爱地呵护着彼此，他想给她光明的未来，如她想给他温暖的家。

莫峰单手撑起头盯着她，眼角的一点细纹平添了成熟的魅力："程灿，我们结婚吧。"

程灿又哭又笑，抱紧了他。

他是阳光，把她所有的阴影放在身后不再想起。

她是烛光，把他一身疲惫卸下只给他最温暖的家。

他们在相识的第三个春天结婚了。

黎然远远地望着一身洁白婚纱笑容甜蜜的程灿，心想，她果然值得更好的人去爱。大学时那次钢琴合奏，他们的手碰在一起，那便是最初的心动，也是一生的心动。

再见了程灿。

那些如歌岁月，都在这相逢一笑中隐藏，都在这擦肩而过中埋葬。再见，心爱的姑娘。

与莫峰结婚后程灿便辞去工作，做了一名家庭主妇。

这世上的童话起初都是黑色童话，现实是想要得到，必然失去。

与爱狭路相逢，她才会心甘情愿输掉一辈子。

流感小姐和疫苗先生

在爱里摔跤无可避免，
因为爱情里从没有什么绝对的保险，
就像流感，没有疫苗可以让你终生免疫，
拿得起放得下，才是爱情的最好状态。

一

方菲失恋了，而且是和相恋十年的初恋分手。

她和林井然相识十二年，相恋十年，十二岁相识，十四岁顶风作案早恋，二十四岁这一年分手。

这期间他们分开的时间不长，大学也是考的同一所，以至于方菲以为自己会和他永远在一起。殊不知命运总是这么爱开玩笑，原来她只能陪他走这十二年，今后的人生，两人再不相干。

年底工作忙，再加上失恋休息不好，方菲感冒了，而且很严重。她连续发了几天烧，实在挺不过去，只好请假去医院打点滴。

给她看病的医生很年轻，她注意到他白大褂的口袋上别着他的工作牌——文井然，一字之差。失恋的人总是容易被触动，一起听过的歌，一起走过的路，甚至一个相似的名字。

她突然就掉了眼泪，让对面的医生有些手足无措。

他倒了一杯温水给她："很难受是吗？"

她捧着纸杯点点头，重感冒让她几乎失声。

文井然又递了纸巾给她："你发烧都烧成肺炎了，怎么不早来看病？住两天院吧，一会儿护士会带你去病房打点滴，最好让你的家人给你收拾一下日常用品送过来。不要哭了，嗓子会更痛，哭是解决不了问题的。"

她压着嗓子道谢，觉得自己着实有些丢人现眼。

文井然今天替同事晚班儿，吃完晚饭后去病房查房，看到方菲疲惫地睡着了，身边没有家人顾看，点滴也马上就完了，他没有叫护士，直接帮她拔了针。

方菲正在睡梦中，皱着眉，似乎梦到了什么痛苦的事，只听到她轻声喊了一句："井然。"

文井然手一顿，去看她，并没有醒。不过因为要测体温，他还是将方菲叫醒了。

"温度降下来了。有没有吃晚饭？输的这个药有点刺激胃，你过会儿会觉得有点恶心。"

方菲摇摇头，一张小脸苍白，看起来楚楚可怜："没胃口。"

文井然有些生气："必须吃一点儿，这是医嘱。如果你不按照我说的做，不如就直接出院吧。"

方菲有些委屈，点点头说："对不起，我知道了文医生。"

想到她刚才睡梦中叫自己的名字，文井然好奇地问："我们以前见过吗？”

方菲有些困惑地摇头。

文井然点点头，去了隔壁病房查房。

等他把所有病房查完，回来路过方菲的病房时，特意又进去看了一下。方菲正在喝粥，有些烫，她小心翼翼地吹凉，因是病中，连唇色都有些惨淡。

不知为什么，从见到芳菲第一眼开始，文井然的内心就变得异常柔软。作为医生，每天看到的都是身患病痛、在生死之间徘徊的病患，他一直本着一颗医者仁心去救治他们。可是今天他却第一次对一个人生出了怜惜之情，这份怜惜与之前面对患者时的怜惜不同，可为何不同，文井然不愿深究，只默默地回到办公室开始整理患者档案。

方菲住院的第五天，林井然来看她，买了一束她最喜欢的百合花，她客套道谢，心却在滴血。

林井然说：“不知道你病了，还是听小妹说我才知道。”

方菲有一个妹妹，在这个城市念大学，他们分手后，小妹十分气愤，觉得林井然就是一个渣男。

分手的原因十分老套，林井然遇到了自认为更好的人，又或者说是他们相伴的岁月太长，荷尔蒙早就消失殆尽，自然会生出异心，如同亦舒所说，用更好的去换是一定愿意的，这就是人性。方菲庆幸他们没有结婚，如果是婚后发生这样的事，她都不知道要怎么面对。

那天是林井然的生日，为了给他一个惊喜，她骗他说要去北京出差，却怎么也没想到会在林井然公司楼下看到他和一个女人拥吻的画面。

那一刻她觉得天都塌了，眼睁睁地看着他们挽着手离开，却不敢上前质问一句。

分手是方菲提的，她说："虽然我说不出分手之后做朋友这种话，也没有那么大的度量祝福你们，但既然缘分一场，我不会记恨你，只希望你以后能想到的都是我的好，以后就别联系了。"

这是她最后的自尊，再爱也要有原则，也要有底线，只是那些岁月积淀的情感不是一下子说放就真的能放下的。

方菲笑得无所谓似的："年底工作忙，公司里面感冒的人多，被传染了，不碍事，你快去忙吧。今天是工作日，你不用工作的吗？"

林井然看着她，愧疚地说："方菲，我知道你不愿意看到我，我说什么也都没有用，我不奢望得到你的原谅，只希望你别用我的错误惩罚自己。"

方菲觉得有些讽刺，又有些心酸，事已至此，说什么都是无力，如今只是不愿意撕破脸皮罢了。

文井然进病房的时候察觉到了这一对男女之间诡异的气氛，

让实习生给方菲检查完，他讲了些需要注意的事项才离开。

方菲出院那天外面下了一场大雪，她收拾了一下东西，然后办了离院手续，在医院门口碰到了下夜班的文井然。

文井然把车停在她面前，降下车窗对她说：“上车吧，我送你。”

方菲纠结了一下上了车。

文井然开车的样子很专注，侧脸肃然，是一个很冷色调感觉的人，这大概是医生给人的普遍观感，不过他长得帅气，肃然之外反倒是增添了几分魅力。住院这段时间，方菲听到不少护士议论，文医生可是很多人久攻不下的高岭之花呢。

文井然偏过头看了她一眼：“我脸上有什么？”

方菲本是一个活泼开朗的人，可之前一直病着，这下却是她第一次对文井然笑：“就是想起护士们给你起的外号来着。”

文井然觉得值了个晚班儿头有点疼，他皱着眉：“什么外号？”

“高岭之花。”

“听起来有点儿女气。”

方菲觉得文医生一定是个直男，高岭之花是个多高的赞美啊，却被他说娘。

人与人之间的缘分就是这么奇妙。方菲住的地方离文井然家很近，以前也许会擦肩而过却并未注意，可是相遇之后就如同开启了缘分的密码，两人几次在超市、餐厅偶遇。

情人节这天，方菲在酒吧买醉，又一次偶遇了和朋友们来放松的文井然。

二

他一眼就看到了方菲，她有些薄醉，坐在高脚凳上和着音乐用脚打拍子。她身材很好，胸是胸，腰是腰，其实很有恃美行凶的资本，过来找她搭讪的男人络绎不绝，可她谁都不理。

“一个人？”

方菲正头痛又来了个搭讪的，抬头看却是熟人，也不算熟人，是高岭之花文医生。

她笑着打招呼：“文医生怎么也在这里？”

文井然被她的烈焰红唇美到，难得笑着说：“我为什么不能来这里？”

方菲答：“按理说，这种日子你应该会收到很多邀约表白之类的啊。”

文井然觉得方菲真喝醉了，在医院的时候也许因为是医患关系，他能感觉到方菲有些怕他，可是这会儿竟然在开他玩笑，他觉得有趣。

“没人约我啊。”

“骗人！”

方菲说着，突然凑近文井然：“是不是男人都爱骗人？”

看着她那双透着醉意的眼睛，文井然有些鬼迷心窍地凑到方菲耳边说：“大部分时候，要有人心甘情愿被骗才管用。”

方菲仰头干了杯中酒：“傻子才心甘情愿。”

文井然陪她喝了一会儿，方菲非要拉着他去跳舞，当方菲的胳膊勾着他的脖子，脸埋在他肩膀上的时候，文井然觉得有些不妙。

酒吧在情人节有零点熄灯亲吻的环节，方菲吻住他的时候，文井然知道，从这一刻起，两个人之间绝对不会是熟人或者朋友这么简单了。

那天晚上方菲喝得烂醉，文井然把她送回了家。她一直抱着文井然的脖子不肯撒手，还一直井然井然地叫他。

文井然自诩是个正人君子，可当方菲含住他耳垂的时候，脑子里那根紧绷着的弦“啪”一声断了。

第二天早上，方菲冷着脸问他怎么在自己家，文井然被气笑了。

他说：“你昨晚一直亲我，还叫我井然。”

方菲头痛欲裂，没想到自己竟然趁着醉酒赶了一回一夜情的时髦。

她把脸埋在被子里当缩头乌龟，却被文井然毫不留情地拉开被子露出脸：“我记得在医院的时候，你也这样叫过我的名字。如果你喊的人不是我，那么那个人是谁？”

方菲看着文井然的眼睛，那双漂亮而狭长的丹凤眼，透着严肃和冷意。

“对不起，我昨天喝得太多了。我的前男友，叫作林井然。”

文井然只想呵呵，穿上衣服就走。

方菲回忆起昨天的种种，觉得自己一定是疯了。

闺蜜秦乐乐听她说完这件事表示不可思议：“为什么你没和别人一夜情，偏偏就和这个文医生一夜情了呢？很多事情没有那么简单，也许是你本来就对人家心思不纯也说不定。不过这也没什么，男未婚女未嫁，有感觉就试试呗。但是你和人家说林井然的事情着实有些伤人，更何况你也说文医生是个非常优秀的男性，他的自尊心应该是极强的，我觉得你这事儿干得确实有些不地道。”

方菲觉得自己当了二十多年的乖孩子，没想到还有当混蛋的潜质，纠结了几天，她决定去医院找文井然。

文井然上了一整天白班，到最后一个患者时颈椎都要僵了，正在活动脖子的时候突然看到了站在门口鬼鬼祟祟的方菲。

他摆摆手示意她进来：“生病了？”

方菲咬着嘴唇说没有。

“那你什么事儿？”文医生皱着眉，明显没耐心。

方菲纠结着，总不能说我是因为不小心睡了你所以来道歉的吧。她斟酌了一下说："我想请你吃个饭。"

文井然看诊的时候总是戴一副平光眼镜，整个人看起来更加禁欲。

他冷言冷语道："如果作为我的患者，我不能接受你的邀约。如果你是想追求我，我拒绝你的邀约。"

方菲冷汗都快下来了，果然是高岭之花！

"对不起文医生，我一两句说不清楚，求求你了。"

她扑闪着那双大眼睛，又是该死的楚楚可怜的样子。文井然对自己有些无奈，拿起车钥匙说："走吧。"

他大长腿走在前面，整个人散发着生人勿近的冷气，令身后的方菲欲哭无泪。

那天晚上，方菲向文井然坦白了自己和林井然的故事。

"十二岁那一年，林井然转学来我们学校。我暗恋他两年，我十四岁生日那天，他竟然和我表白了，那时候我觉得我得到了全世界。他是个很优秀的人，为了配得上他，我拼命地努力，成绩从班级中等一直赶到了前三名。后来，我和他考了同一所高中、同一所大学。我不知道你有没有过把一个人当作是自己的梦想，可那时候他就是我的梦想。

"为了他，我在这座大得让人迷茫的城市努力打拼。我觉得只要在他身边，我什么都不怕，我努力学习，努力赚钱，努力对他好，一努力就是十年，把所有的青春都给了他，刻上了他的名字。那时候他对我也很好，我家条件一般，大学的时候他为了帮我交学费，同时打几份工，却不肯让我去。他说以后他会养我，让我什么都别怕。《大话西游》里，紫霞仙子说她爱的人是个盖世英雄，我以前也把他当作我的盖世英雄。

"我没有想到我们的缘分就是这十年。刚分手那段时间，我大病一场，我不理解，不理解为什么承诺会改变，为什么爱不能永远。我和自己钻牛角尖，我每天都睡不着，睡着了也会梦到他。我恨，我怨，可是到最后于事无补，事情已经发生了，我竟然除了离开他成全他，什么都做不了。白天我一副开心快乐的模样，到了晚上就变得脆弱无助。我只能用酒精麻痹自己，只有这样才睡得着。"

文井然问她："既然那么喜欢他，为什么不再努力一下？"

方菲说："我即便再爱一个人，也不会爱得失去自尊。爱的时候我可以为他生生死死，但是分开后我绝不允许自己回头，何况我们分开，就是因为他已经不再爱我。"

文井然又问："那你现在放下了吗？"

她点点头："我也是想了很久很久，想得头都疼了才想明白。失恋像一场重感冒，有时候你觉得自己被它折磨得生不如死，可是有时候你只需要昏睡几小时，一切就会不药而愈。在爱里摔跤无可避免，因为爱情里从没有什么绝对的保险，就像流感，没有疫苗可以让你终生免疫。拿得起放得下，才是爱情的最好状态。想得通了，爱的时候恣意潇洒，离开的时候也能坦坦荡荡。”

文井然依然冷峻：“你说了这么多，究竟想对我说什么？这些和我又有什么关系？”

方菲从包中拿出一颗扣子递给文井然：“这应该是你的扣子，我在我家地板上捡到的。”

文井然有些戏谑道：“嗯，那天晚上你一直拽着我不让我走，应该是那时候扯掉的。”

方菲脸色涨红：“我今天是想和你道歉，对不起，我做了让我们两个都尴尬的事情。但是我也想坦白地告诉你，我对你是有好感的，第一眼见到你的时候我就觉得你长得真好看，你为我治疗的时候很专业很温柔。我不是随随便便的女孩儿，那天我是真的喝多了才会做出那么不理智的事情，我知道我错了，希望你不要因此而看轻我。”

文井然看方菲低着头说着语无伦次的话，心中竟然有些开心，不过他还是强调：“我没兴趣做别人的替身。”

方菲知道他对自己无意识的情况下喊林井然的事情耿耿于怀，她坦白道：“老实说，我到现在也没有完全忘记他，但是我敢说我已经放下他了。我也不是很清楚，自己为什么会在没有忘记一个人的时候对另一个人产生好感，但事情就是这样发生了。我确实对你有好感，也希望你不会讨厌我。”

一口气说完，方菲几乎要给自己鼓掌，没想到自己失恋一场后，胆子竟然变得这么大，面对高岭之花居然能有几分豁出去的胆色。

三

文井然知道自己长得好看，工作也不错，一直以来对他表白的人不少，方菲说的这些甚至算不上表白，但他就是挺开心的，之前那些不痛快也一瞬间烟消云散。其实，他从看见她的第一眼就觉得她很不错。

文井然说："我们试一试吧。"

方菲傻了眼："嗯？"

文井然说："既然我们对彼此都有好感，那么我们试一试。"

方菲正在犹豫，手机响了起来。

是林井然打来的，她有些尴尬，起身去旁边接。

电话那头林井然似乎喝了酒，大着舌头向她道歉，让她去某个酒吧接他。

她想了想挂断电话，给林井然的哥们儿拨了过去。

回到座位上，方菲对文井然说："文医生，我觉得现在开始，对你不公平。"

文井然笃定地说："你给我机会，才叫对我公平。我没想着让你立刻忘了他，但是我要你现在开始记住我，这样就公平多了。”

方菲哑口无言，文井然是个很会说话的男人啊。

她刚要答应，电话又一次响起。

文井然说：“你就在这儿接。”

方菲想了想，按了通话。

林井然似乎是哭了：“对不起方菲，对不起，我不该鬼迷心窍，我不该把你忘了，你对我那么好，我也那么爱你。你来接我好不好？你回到我身边好不好？你给我一个机会，就一次。”

方菲眼泪几乎要掉出来，说不心疼是假的，可是她听到自己说：“我在和我男朋友吃饭，不方便去接你，抱歉。”

挂断电话，她竟然在心底生出一丝快意。

文井然坐在对面喝水，此刻放下了杯子，他说：“想不到你这人心倒是挺狠，对自己也狠，看来绝对不能伤你的心。伤了一次，就不会再有第二次机会了。”

两人就这样开始了，方菲甚至觉得有些不真实，如今她对于情感的期待度已经很低很低了，有些“一朝被蛇咬，十年怕井绳”的失恋后遗症。

过年回家，家里人对她分手的事情也不敢多问，只是母亲在给她的红包上写着：女儿，你值得一切美好，也要拥抱一切美好。

十二点的钟声敲响时，她接到了文井然的电话："在做什么？"

"看春晚啊！"

"吃饺子了吗？"

"刚吃完，你呢？在做什么？"

"我在想你，要是能和你一起跨年该多好！"

高岭之花文医生很会说情话嘛！

方菲不自觉地笑出来："我很快就会回去的。"

文井然又无抱怨："我想现在就见到你怎么办？"

"那也没办法啊，等我回去给你做好吃的怎么样？"

"你下楼。"

"什么？"

"我说你下楼，我在楼下。"

"真的？"

"骗你干吗？快下来，好冷。"

方菲火急火燎地穿上羽绒服往楼下跑，当她看到高高大大的文井然的时候，一下子笑出声来。他很老土地在地上摆了一个心形的烟花，点燃后，那颗"心"瞬间升空，绽放开来，映亮了她的笑脸，还有他看着她的眼眸。

文井然张开手臂，她迫不及待地冲了过去。

文井然打趣道："可见，能实现的愿望大多还是要靠自己的。"

方菲亲了他一下："你不好好地陪家人过年，来这儿干什么？"

文井然不正面回答："我来你不开心？"

"开心啊！"

"那你就不要煞风景，给我亲一下。"

两人拥吻的时候，方菲看到了文井然身后拎着礼物的林井然。

文井然放开她，顺着她惊愕的目光看过去，是上次病房中的那个男人，他记得这人给方菲带了一束百合花，那是方菲最喜欢的。

"方菲，新年快乐，我来看看方叔叔和许阿姨。"

方菲站在原地，手足无措，文井然不愿她陷入两难，于是率先开口："你先带他上去吧，明天给我打电话。"

文井然松开方菲的一刹那，方菲却拉住了他的手，文井然回身疑惑地看着她。

"新年快乐！"方菲说。

文井然笑笑，摸了摸她的头发："新年快乐！"

林井然的深夜到访，让方菲一家有些无措，他放下礼物，简单地说了几句话就告辞离开，方菲送他下楼。

林井然忍不住问她："原来你真的交了男朋友。"

方菲貌似轻松地回答："是啊。"

林井然觉得喉咙有些发酸，只听见方菲说："你应该比我更清楚，爱不是永远的。"

这很冷酷，却很真实。

“你还怨我吗？”

“有一些吧，毕竟我们在一起那么多年。不过现在已经好多了，我们都要往前看不是吗？你为什么还要回来找我呢？”

“因为你是最好的，我一直知道你是最好的。”

方菲掉下一滴眼泪，那是她最后欠他的一样东西：“可是我的感冒被治好了。”

这话说得有些无厘头。

失恋像一场重感冒，有一个医生治好了她。即便没治好，她也不会再回头。

林井然说：“别送了，上楼吧，太冷了。”

林井然就要消失在楼道口的时候，方菲突然喊了他：“林井然。”

他回过头，望着她。

方菲的话飘了过来：“我的青春很美好，谢谢你。”

过去的十几年，是你充满心动、希望和前进的勇气，是你手把手教会我爱，即便你已经离开我的世界，我依然感谢你，成就了我的青春。

这些话方菲无法说出口，可她知道，即便不说，林井然也一定会懂。

他含笑，还是少年时那样让人倾心的模样：“再见，宝贝！”

方菲鼻子一酸，看他推门离去。从此天涯路远，你我各不相干。

回到家，方菲躺在床上，久久无法入睡。

她发微信给文井然："文医生，你医术真好。"

"？"

"你治好了我的感冒。"

"还有肺炎！"

她在屏幕这端笑出来："你都不吃醋的吗？"

文井然电话突然打过来，方菲吓了一跳，差点把手机摔在脸上。

"你干吗突然打电话？我爸妈都睡了。"

"想你了。"

方菲问："真的吗？"

文井然答："当然，不然为什么不在家过年，却要来看你和旧情人叙旧？"

方菲憋住笑："刚才还一脸大度的样子，原来还是吃醋了。"

文井然反驳："我不吃醋才奇怪好不好？！明天你要包饺子给我吃，我今天都没吃到饺子。"

方菲宽慰他："明天你来，让我妈给你包饺子。"

文井然开心了，其实他这人很简单："那好，快睡吧！"

"我爱你。"方菲说。

她有些怔忡，爱有时候那么难，有时候又这样简单，或许就是因为这样，失去的时候才会让人措手不及。

文井然声音低沉：“我也爱你。以后，我来当你的疫苗。”

“什么？”

“以后，不会再让你感冒了。”

“好，晚安，疫苗先生！”

四

第二天中午，文井然带着礼物上门拜访。比起昨天林井然的出现，方菲的父母对这个突然冒出来的男朋友更加不知所措，赶忙包了个大红包给他。文井然发现，红包背面方菲的妈妈写了四个字：珍惜是福。

他仔细琢磨了一下，仿佛明白了什么。

林井然在春天来临的时候闪婚了，新娘不是之前那个女孩儿。他问方菲会不会来参加婚礼，方菲说：“如果你希望我来，我会的，我希望你幸福。”

林井然说：“那你不要来了，我也希望你幸福。”

从此以后，他再也没有出现在她的生活中。

文井然最近为了博士论文和晋级职称累得天昏地暗，方菲每天做好吃的给他，终于有一天被文医生紧急叫停：“你再这么喂下去，我就要胖了，最近我可没空健身。”

方菲笑眯眯地：“没事没事，你最近太辛苦了。”

文井然坚决抵制：“身材对男人来说也是很重要的好吗？”

方菲催眠他：“没事，你就是胖了我也不会嫌弃你的。”

文井然意志坚定：“我对自己的要求很严格的，绝对不行。”

他对自己向来严苛，该做什么，不该做什么，一清二楚，偏偏这位流感小姐让他一而再再而三地打破原则。没办法，谁让自己喜欢呢！

盛夏时节，他们订婚了，文井然带她去丽江拍结婚照。方菲一直想去云南，据说是因为电视剧里曾经说起，云南丽江有一米阳光，遇见的人会一辈子幸福。

一辈子，多好听的字眼。

当她穿着红色的嫁衣站在玉龙雪山上向他凝望，文井然知道，一切都是命中注定，一切都已尘埃落定。

她就是他的一米阳光。

一生一世，闪耀心间。

婚礼定在秋天，文井然对着自己的丈母娘保证：“我会珍惜方菲，会爱护她保护她，一生一世。”

方菲被感动得稀里哗啦。

知道文井然一直记得自己的叮嘱，方菲妈妈才算真正放下心来。

许多年以后，文井然从高岭之花文医生变成了有妇之夫文主任，方菲也从青春正盛不断往中年妇女发展。午后一起喝茶时，方菲问他："现在想想，你好像从来没有对我讲过你以前的事。"

文井然一脸诡谲："我才不讲，否则你会记一辈子。"

方菲笑了："多大年纪了还乱吃醋。"

文井然把眼镜戴上，翻开一本医学著作："因为在乎你啊！"

方菲把开着的窗户关上，秋风有些凉了："现在我不漂亮了也还在乎啊？"

文井然点点头："是你就好。"

是你，就会珍惜。

是你，就这么一辈子吧。

再次微笑，连遗憾都很美好

你和我十七岁时想象的并不一样，

但是我爱你，

和当初一模一样。

一

恋爱婚姻自由自主，应当是这个时代的价值之一。然而仍旧有无数所谓的剩男剩女被各种因素束缚着，唯独不考虑自己的爱恨，最后做出所谓的理性选择。

有人说理性总是为感性收拾烂摊子，秦苒却觉得是时候让感性为理性收拾烂摊子了。

在本年第十一次相亲失败并宿醉后，秦苒订了机票去哈尔滨找隋靖宇。

登机前她打电话给立湘："就是抢婚，我也要抢走他。"

立湘接到电话的时候正在公交车上。今天是立秋，她穿了一件长袖亚麻衬衫和浅蓝色牛仔裤，长发低低地束在脑后，脸色苍白，双目无神，背着一个大包又拎了电脑，在公交车上吃了一个干巴巴的面包，到公司的时候迟到了三分钟。

立湘觉得，所谓的经济阵痛比痛经都痛得多，不断的降薪和增加的工作量压得她喘不过气，如同被大浪拍上岸的一尾鱼，喘息着，濒死的压抑。

立湘刚坐到工位上就被秦菲菲告知："王总让你去一下她办公室。"

她心中有不好的预感，硬着头皮去了。

"王总，我有点感冒，今天早上去买药耽误了两分钟，我今年只迟到了这一次。"

"立湘，我不是要批评你，是有工作布置给你。来，快坐。你知道现在国家去产能，我们的分厂关了不少，很多库存压着卖不出去。我知道你父亲在瑞华工作，你走走门路，把三厂那些货卖掉。你知道公司马上就要裁员了，如果你能办成这件事，我保证你不会在裁员名单中。"

立湘神色有些紧张，左手抠着右手，局促地抬起头，说："王总，我爸就是个小得不能再小的领导，这种事他说不上话的。"

王总脸上的笑意消散，她抬了一下眼镜："企业发展好的时候，大家共享企业发展成果。企业现在有困难，我们就要和企业同舟共济。我希望你能够有觉悟，为企业做点有意义的事。当然了，这个事不会让你白做，也不会让你父亲白做。"

立湘语速放缓："我真帮不上忙。"

一个月后，公司裁员，立湘名列其中。

她收拾东西的时候，秦菲菲泪眼汪汪的："唉，以后周末还要一起混啊。”

立湘笑容平静：“好。”

秦菲菲不理解立湘为什么有家里的资源却不利用，上周末两个人一起吃饭她这样问了，立湘当时回答：“他不是我的家人。”

秦菲菲有些尴尬，便岔开了话题。立湘却仿佛不那么在意，还是笑着的样子：“我爸当年读书是我妈种地供出来的，他们结婚后，我爸却看不起她了，在外面有了人。”

立湘抱着自己的东西却不敢回家，她不想看到妈妈失望担忧的神情。于是，她打电话给秦苒：“你回来了吗？抢婚成功了吗？”

“回来了，死心了。”

“我也没好到哪儿去，失业了。能不能搬去你家住一阵子？”

“你在哪儿？我下班了，开车去接你。”

“我先回家收拾收拾东西，跟我妈说我出差一阵子，你等我电话。”

回到家，妈妈正在煮银耳汤：“回来了小湘，妈妈给你煮了汤先喝点，晚上想吃什么妈去买菜。”

立湘摆摆手往卧室走，尽量控制自己的语气显得很平常自然：“妈，公司派我去重庆出差，要去一个月左右，我取了三千块钱现金给你，一会儿给你放在抽屉里面。”

立湘妈妈赶忙帮她找出行李箱：“别忘了把感冒药带上，颈枕也带上，出差坐车坐飞机你那颈椎更难受了。”

“知道了妈，我走了。”

立湘妈妈把温度正好的那碗汤拿过来：“喝完了再走吧。”

立湘接过来，大口喝下去，感冒烧灼的喉咙此刻发酸，她看到妈妈眼角的皱纹好像又多了，抬起碗挡住红了的眼睛。

立湘走出小区给秦苒打了电话，然后蹲在路旁等她。

失业对立湘来说打击着实不小，妈妈没有工作，交了社保每个月只开一千多块钱，她所在的城市物价很高，立湘要供家里的大部分开销。

秦苒的吉普停在她面前，车窗打开，秦苒摘下墨镜笑着对她说：“小可怜儿快上车，晚上带你去吃好吃的。”

立湘和秦苒回家先放了行李箱，秦苒非要她换上最漂亮的衣服，还给她化了一个精致的晚妆：“晚上隋靖宇请吃饭，他有个朋友也过来。”

立湘生气地回头去推秦苒：“你骗我！你不是说死心了吗？”

秦苒哈哈大笑：“就你好骗。”

“你怎么成功的？”

秦苒看着化妆镜微笑：“没那么复杂，我就告诉他，我还爱着他，并且有勇气给他幸福。”

二

立湘很佩服秦苒，她第一次听一个女人对一个大男人说有勇气给他幸福，可能这也是秦苒能够得到自己想要的感情的原因吧。

秦苒和隋靖宇是高二分文理科的时候分到一个班的。她刚到理科重点班的时候坐在倒数第二排，那时候是按照成绩排座，每个月根据月考成绩再重新排，她的同桌就是隋靖宇。

第一眼见到隋靖宇，她就觉得这男生长得挺不赖的，浓眉大眼高个子，球也打得不错，性格又开朗，就是有点话唠。每天上课和前后左右的同学们小声说话，经常害秦苒被老师点名。

第二个月月考按照成绩重新分座的时候，隋靖宇从倒数第二排直接坐到了正数第二排，秦苒这些每天被他带着说话还坐在倒数第二排的人恨得牙痒痒，有时候上课也不听了，拿手指头当枪瞄准隋靖宇的后脑勺。

那会儿其实是隋靖宇先看上了秦苒，他觉得这姑娘好啊，长得漂亮还不矫情，有点男孩子性格，颜好聊得来，可撩。于是他便有事没事下课的时候往倒数第二排跑，经常给她讲题。

有一天，秦苒眯着眼笑说：“我说你能不能别那么明显。”

隋靖宇特别无辜地辩解道：“想什么呢，我这不是因为老同桌还坐在倒数第二排，本着愧疚和同学之间相互帮助的高尚情操才给你讲讲题嘛！”

说完就傲娇地走了，还扔了个纸团打在秦苒的脑门上。

秦苒骂了一句：“作死。”

她打开纸团，上面写着：放学去看我打球？

第二节课下课，秦苒去上厕所，经过第二排的时候把纸条扔给了隋靖宇。隋靖宇笑得跟傻子似的，打开纸条上面写着：“想得美。”

隋靖宇屡次被秦苒虐得死去活来，立湘当时劝说秦苒：“你要是真不喜欢人家，也别这么折磨他了，要是喜欢就在一起呗。”

秦苒笑得不怀好意：“那么轻易不是便宜了他。这个作呢，要掌握一定的技巧，要在自己的可控范围内，就和放风筝差不多。”

比如，最近哪个漂亮女孩儿喜欢隋靖宇了，秦苒就对他好一点，隋靖宇和那个姑娘明确划清界限了，秦苒就离他远一点。两个人什么都能聊，也能一起学习一起玩，但是秦苒就是不答应和他搞对象。

用现在的话说，秦苒当时有点绿茶婊。

可是这种事，周瑜打黄盖，一个愿打一个愿挨。隋靖宇觉得自己有点贱，还被虐出点说不清道不明的感觉来。

高三的时候，两人捅破了窗户纸，因为班长厉强开始追秦苒，还劝他：“你追了一年了，也没追上，我劝你还是趁早撤吧。”

秦苒生日那天厉强买了一束棒棒糖做成的花束，秦苒看都没看一眼，拆了分给大家吃。

分到隋靖宇的时候，他也不接，瞪着她好像有什么深仇大恨。

秦苒说：“知道你眼睛大，不用瞪。”

隋靖宇气得差点一口气上不来，他站起身，班主任此时已经走进门准备上课，看到他俩剑拔弩张，于是问道：“干吗呢？都回自己的座位，上课了。”

隋靖宇回头对班主任说：“胡老师，我喜欢秦苒！我以后肯定要娶她！”

没错，他们的班主任就是秦苒的妈。

班里炸开了锅，胡老师惊呆了，秦苒又羞又气地踹了隋靖宇一脚就回座位去了，自己老妈看她的眼神着实不怎么友善。

下课后，胡老师对隋靖宇说：“你来一下我办公室。”

两人离开教室后，班里又炸了锅。

立湘对秦苒说：“玩儿砸了吧。”

秦苒趴在桌子上，恨不得有个洞能钻进去。

那天放学，胡老师押送秦苒回家，隋靖宇就骑着自行车跟在后面，胡老师气哄哄地回头对隋靖宇喊话：“隋靖宇，我跟你说什么了？你再这样我找你家长啊！”

隋靖宇乐了：“哎，我不是怕您批评秦苒嘛，这事儿和她

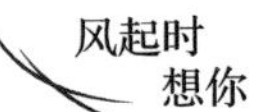

没关系，是我喜欢她，您别找家长了，等我以后娶秦苒的时候，我让我爸妈拎了礼物再上门提亲。”

说完他就骑着车迅速拐弯了，很快不见踪影，留下秦苒被她妈眼神扫射。

秦苒有了托词：“你看他也说了，这事和我一毛钱关系都没有。”

胡老师皮笑肉不笑：“你是我生的，你那点儿小心思，我比谁都清楚。”

“……”

三

立湘发现隋靖宇变得沉默寡言，眼神更是毫无波澜，从他和秦苒的互动上可以看出来，他们不像当年那么相爱了。这个认知让立湘有些难过，毕竟秦苒这次是豁出去了，一个女人毫无顾忌地疯起来是很可怕的。立湘从不觉得爱情是幸福的充分条件，在她看来健康温饱有尊严就很幸福，毕竟她是一个对生活期望值很低并且对爱情没什么期待的人。

隋靖宇的大学同学付白也在今天的饭局上，据秦苒说，隋靖宇工作调换的事情他帮了不少忙。那人一身西装革履，长得也算是帅哥一枚，头发像是金剪刀修剪出来的，三百六十度无死角的帅气，有这样的皮相，又年少有为，必定很招桃花。

饭桌上，秦苒有意撮合他们两人，可显然他们对彼此，毫无感觉。

立湘年少时暗恋一人多年，后来终于得偿所愿，和那人相处了一段时间，滋味却不如想象中那样好，以至于这段初恋后她再无意去和什么人恋爱。

付白不愿意让隋靖宇难堪，主动留了立湘的联系方式，并在分别时对立湘说："改天一起吃饭。"

秦苒打趣："不带我和隋靖宇？"

付白斯文地一笑："肯定不带。"

秦苒揽着立湘的肩膀往自己停车的方向带："朋友，你太上道了。我们先走了。"

回到家已经很晚，两人洗完澡，秦苒突然对立湘说："你不要担心，一切都会好起来。"

立湘长发披在脑后，她在被子中摸到秦苒的手握住："谢谢你，秦苒。"

秦苒忍不住用另一只手摸摸她的头："你好像永远这么乖，让人想保护。"

立湘摇头："不是的，我记得王冲说过，我这样的人，让人想欺负。"

秦苒什么都没说，想起一年前立湘出现在她面前的落魄样子，一脸的雨水，神情仓惶，抱住她就嚎啕大哭。

那是个阴雨天。

立湘打车打了很久，才有一个往监狱去的。司机师傅挺大年纪，头发已经灰白，他好奇地打量立湘：细眉细眼鹅蛋脸，比较古典的一张脸，长发低低地束在脑后，有一绺散落下来，遮住了立湘的眉眼。

“去监狱干吗啊？”

立湘没想到司机会和她搭话，她有些羞赧地把头发别在耳后：“去接人。”

“亲戚？”

“我男人。”

“犯什么事了？”

立湘不再回答，看向车窗外，司机师傅觉得没趣，打开了收音机。

电台里正放着郭德纲的相声，立湘听了一段，觉得有意思就笑了出来。

王冲知道立湘是一定会来接他的，她就站在门口，穿了他曾送给她的那件墨绿色连衣裙，好像更瘦了，衣服看着有些不合身。

她抬起头看着他：“回家吧，小洛在家等你呢。”

“好。”

立湘怕打不到车，多给了司机些钱让他在门口等。王冲一上车，司机师傅就瞄了坐到后面的立湘一眼，立湘没有缘由地想起来那句“我男人”就红了脸。

两人一路无话。

立湘妈妈正在做早饭，小洛全神贯注地画画，王冲先是向立湘妈妈问了好，然后招呼小洛：“儿子！”

小洛放下画笔，慢慢走过来，一直盯着王冲的脸，最后轻轻叫了一句：“爸爸。”

“臭小子，重了。”王冲把他抱起来举高，小洛没有安全感地踢腿，差点踢到王冲的脸，王冲把小洛抱住，笑着用胡子去扎他的脸。

小洛总算笑了，爸爸真的回来了。

立湘妈妈本来是不同意女儿和王冲在一起的，可别看这丫头不爱说话，实际上既闷又倔。王冲入狱这一年她硬是要收留小洛，这让立湘和妈妈本就拮据的生活更加紧张。

立湘妈妈曾对她说：“婚姻就像是一场赌博，女人本就没什么赌资，凭借的无非就是一颗心，比男人更输不起。我当初找了你爸，辛辛苦苦在农村种地供他念书，他成功了却嫌弃我，这种嫌弃其实从一开始我就应该想得到，他心里没有我，又怎么会顾忌我？妈希望你能找一个真正喜欢你的人度过一生。”

立湘却是倔强得很：“从大学到现在，我喜欢了他整整六年。虽然我们在一起的时间只有两个月，可是我从来都没有忘记过他，我还是非常喜欢他。我不想找一个喜欢我的人，我要的是一个能够和我相爱的人。我相信他一定能看到我的好，然后爱上我，长长久久地和我在一起。”

立湘妈妈心底一片怅然：“你不后悔就好，把孩子接来吧。”

老太太信佛，相信儿孙自有儿孙福，既然女儿心有执念，就走一步看一步吧。

王冲进了立湘家一直面带难色，欲言又止，终于，他鼓起勇气说：“立湘。”

“嗯？”

立湘有些紧张地答应了一声，也不敢直视王冲，只能看着他怀中的小洛。

“我得带小洛去找洛云。”

立湘猛地抬头，睁大眼睛盯着他。

王冲叹息一声：“立湘，谢谢你这一年对小洛的照顾，可是我要带着小洛去找他妈妈了。”

立湘低下头，心中酸楚，一瞬间眼里面就蓄满了泪。她两只手揪着自己的袖子，表情有些受伤，夹杂着一丝不可置信和不甘心：“她害你进了监狱，又抛下小洛不管不顾，你为什么还要去找她？你不是说，等你出来就会和我在一起吗？”

女人把希望寄托在男人身上的时候，总会落空。

王冲摇头：“帮她出头是我心甘情愿的，这个孩子也是我要她生下来的。立湘，大四那年，我和她分手后，是你带我走出了那些痛苦，和你在一起的两个月我是真的喜欢过你，但喜欢和爱是不一样的。不论男人还是女人，这一生都会喜欢很多人，而能称之为‘爱’的，就只有那一个。何况我对她心中有愧，单凭这份愧疚和爱意，我想，基本上这辈子我都离不开她。”

立湘的眼泪终于滚落下来，小洛伸出小手去擦，声音也带了哭腔：“阿姨你别哭，我不和爸爸走，我和你在一起。”

大概只有孩子，才会满怀真心地说着永不离开的傻话。

感情里从来都没有公平一说，活该她犯贱，怪得了谁呢？

立湘捏捏小洛的脸：“我不哭，小洛也不哭，有机会阿姨去上海看你，好不好？”

小洛流着泪点头。

立湘收拾了小洛的东西，王冲和立湘妈妈道歉并道别后，就带着小洛离开了，自始至终都没有再看她一眼。

王冲走后，立湘换下了那件墨绿色的连衣裙，叠得整整齐齐放进了衣柜中，脸上连一丝悲戚的神色都没有。

立湘妈妈担心地站在她身后，念了一句：“阿弥陀佛。”

四

立湘打开手机，翻出王冲的微信朋友圈给秦苒看，王冲结婚了，小洛做了他们的花童。

秦苒说："这新娘子不是洛云吧，长得倒是挺像。"

立湘笑了："其实，我应该感谢王冲的不娶之恩。男人有时候真挺残酷的。"

昨天，王冲发了微信给她："我结婚了。"

立湘回复："你爱她吗？"

王冲很久以后才回复了一句："立湘，爱情这玩意太他妈寂寞了，我不想碰了，更不忍心耗着你，你是个好女孩儿，值得更好的。对不起，真的对不起。"

"新婚快乐！"

那天晚上，两个姑娘都喝多了，躺在床上翻来覆去地睡不着。秦苒忽然想起了自己和隋靖宇在一起的时光。

大学时，他们陷入了热恋。多么热呢？大概就像歌里面唱的：我的热情，啊，好像一把火！

他们第一次上床是在大二那年的七夕，隋靖宇买了一枚简简单单的银戒指给她。秦苒那天穿了一件很漂亮的裙子，他们吃完饭，秦苒就拉着他的手去了附近一家宾馆，隋靖宇当时有贼心没贼胆，一个劲儿地嚷嚷着："别别别，秦苒，秦苒……"

可一个女孩儿强迫式地拉着一个男人进酒店本身就是一件丢份儿的事情，隋靖宇最后也就半推半就地被她拽了进去。

一进门，秦苒就把裙子的腰带塞进隋靖宇的手中："拆你的七夕礼物吧！"

因是初次，两个人都很紧张，直到最后也都是痛苦大于快乐的，好在都是对方想要的人，快乐痛苦也都安然接受了。有一段时间，他们甚至觉得这事儿完全就是在消磨他们的爱情，后来渐渐懂得了其中滋味，才算是圆满。

隋靖宇每天早上都会给秦苒送早餐，两个人一方没课的时候就去陪对方上课，期末就一起泡在图书馆。

大三的时候，隋靖宇做了学生会主席，渐渐没什么时间照顾秦苒了。

刚开始秦苒完全不能接受这种落差，好几次跟隋靖宇抱怨。隋靖宇觉得秦苒这姑娘什么都好，就是有点太黏人，他这个学生会主席的职位好不容易才争取来，以后求职，履历方面也会好看一些，她为什么就不能为自己考虑一下呢？哄了几次后，隋靖宇渐渐有些不耐烦。都说七年之痒，可都是年少气盛，一般情侣两三年的时候就已经痒了，颜值、性格各个方面的吸引力和新鲜感都一再减退，个人诉求却在不断上升。

秦苒生日的时候，隋靖宇忘记了买礼物，那是他们第一次分手。

那天是学校的青春杯舞蹈大赛，比赛结束后秦苒换了便装拎起自己的包就走，根本不理会一个劲儿喊她的隋靖宇，直到宿舍楼下隋靖宇才气喘吁吁追上了她：“叫你那么多声，怎么不理我？你说说，你有什么不满的？”

秦苒非常气愤：“不满的地方有很多，但是我现在一句话都懒得说。隋靖宇，今天是我的生日，你不记得了。我们在一起才三年，你就已经不记得了，我还指望和你走多远多久？我知道你忙，我也忙，我们都有自己的学业兴趣爱好，都有自己的圈子，我从未干涉过你。但是你自己想想，今年我们出去约会过几次，约会的时候你又迟到了几次，在一起的时候你又投入了多少心思。隋靖宇，当初是你追的我，不是我求你爱我。现在我通知你，你被我甩了。”

宿舍楼前来来往往的人越来越多，隋靖宇面子上有些挂不住，可又怕秦苒真的和他分手，急得冒了一头汗，最后他实在没了办法，拽着秦苒往校外走。

“别拽我，要宵禁了，你滚！”

隋靖宇把她的手按在自己快速跳动的胸口说：“我带你去拆礼物。”

可秦苒下了力气抽回了自己的手：“我不稀罕！你现在只是我的前男友！和你在一起之前我就告诉过你，我只会给你一次机会，我不会吃回头草。今天我们就算说清了。”然后头也不回地离开了，她的演出妆还没卸，转身的时候眼泪裹着眼妆往下掉，狼狈至极。

隋靖宇在宿舍楼下守了一晚上，秦苒早上一出门看到他那个落魄样，拽着他就走。

她想，不能让他丢人，他丢人丢的也是自己的人，怎么说他也是这所大学的学生会主席、风云人物，就算不和自己在一起，也没必要把样子做得这么难看，

男人总是比女人更擅长苦肉计，因为女人心软，就吃这一套。在隋靖宇撒娇卖萌外加道歉耍赖后，秦苒终于消气，两人和好。

但是他们的第二次分手，就十分伤情了。

大四的时候，两人都面临就业压力。隋靖宇的父亲身体不好，隋靖宇想要回老家工作，而秦苒签了外地一家专业十分对口的外企。当然，他们之间还有一个分手催化剂——乔青青，隋靖宇的“红颜知已”。

乔青青是学生会的副主席，初见的时候，秦苒就看乔青青很不顺眼。别看她表面一副爽朗阳光的样子，动不动还打趣她和隋靖宇，可是女人敏锐的第六感告诉秦苒，乔青青对隋靖宇有所企图。

隋靖宇和秦苒沟通了很多次，希望他们能一起回老家工作，秦苒却希望他能陪着自己出去打拼。最后的结果却是，乔青青

陪着隋靖宇回了老家。

隋靖宇如此解释："青青在咱们家那边有亲戚，她投了很多简历都没过，现在她亲戚在那边给她安排了一个不错的工作。"

秦苒笃定地说："隋靖宇，我不相信你不知道她的心思。一个人是不是喜欢你，你一定是有感觉的，就像你当初喜欢我，我感觉特别明显一样。你应该比我更能感觉到她是怎么想的，而且我觉得，你对她也是有感觉的，是不是？"

都说男女之间没有纯友谊，这句话不是空穴来风。异性朋友之间本就自带相互吸引的属性，只是友情以上，恋人未满。

可隋靖宇觉得，秦苒就是欲加之罪："秦苒，我说什么你都不信。那你跟我走啊，你跟我走看着我啊！找不到工作也没事，你跟我回去，我肯定养得起你，你吃肉我喝粥。你相信我，我能给你幸福！"

秦苒是个心气儿特别高的人："咱们家那边能有什么发展！我们一起去打拼几年，然后把家里人都接过来，一切不就都解决了吗？"

隋靖宇叹息："秦苒，父母在，不远行。何况我父亲，真的时日不多。既然你想走，那我不留你。但是，异地恋的我们，能不能走下去，这个现实的问题你想过吗？"

秦苒笑了："你这话有些悲观主义。"

事实证明，秦苒高估了自己，也许隋靖宇更了解她。

异地恋的初始，两人都很思念对方，逢着周末两人有空就去对方的城市，有节假日就一起旅行，感情反而更为浓郁。

可是随着时间的推移，秦苒骨子中的多疑和占有欲让他们的相处愈发不愉快。她常常查岗，让隋靖宇不厌其烦，而乔青青时不时发一些和隋靖宇一起吃饭的照片，更让秦苒火大。

直到有一次，乔青青发了一张照片，她穿着秦苒送给隋靖宇的衬衫，坐在隋靖宇卧室的床上。

秦苒都气笑了，当天就飞去了隋靖宇所在的城市。

敲门，隋靖宇穿着睡衣，刚洗了澡。

“苒苒，你回来了？怎么不提前说一声，我好去接你。”

秦苒一个耳光打在隋靖宇脸上。

隋靖宇正发蒙的时候，乔青青出现在隋靖宇身后，这时的她已经换了自己的衣服：“秦苒，怎么了？你别误会，我刚才在附近摔了一身泥，一会儿还有一个生意要谈，就来隋靖宇家处理一下。”

秦苒指着她的鼻子骂：“我他妈告诉你，摔一身泥麻溜儿去买一身新的，不要穿我买给我男人的衣服。恶心！”

隋靖宇是个很要面子的人，他刚从那巴掌中醒过来，就看到乔青青流着眼泪推开他跑了，秦苒还在指着乔青青的背影骂。

终于他吼了一声：“你够了秦苒！我们之间这点信任都没有吗？这样太没劲了，真的。”

“你什么意思？”

隋靖宇揉揉额头说：“秦苒，我们分开吧。”

她有些不可置信：“什么？你有没有替我想一想？如果有个男人在我家的床上拍了自拍照，你会是什么想法？”

“我相信你不是那样的人，你也应该相信我不是那样的人。我从十七岁爱你到现在，八年的时间，都不能让你信任我吗？这样很累，秦苒，真的很累。”

说着他又回屋拿了什么，是一个戒指盒：“秦苒，明天是你的生日，我本来准备一会儿就去看你的，我还准备了这个。以前上学的时候买不起好的，只能给你买一枚银戒指，我看都氧化了你也舍不得摘，就给你买了一个白金的。但是现在没法当作求婚礼物了，生日快乐，我们分手吧。”

秦苒眼泪如帘，目不转睛地盯着被他塞进手中的戒指盒，她打开，是一枚白金镶嵌珍珠的戒指。她曾对他说过，比起钻石更喜欢珍珠。

她想要挽回的时候，隋靖宇又说了一句“秦苒，我觉得，我对你的爱，减少了很多。”

那一刻，秦苒领会了四个字——心如刀割。

她没再纠缠，自尊还是要的：“那好，我们分手吧。”

她删除了隋靖宇所有的联系方式，一心扑在事业上，如同亦舒所说，没有很多很多的爱，有很多很多的钱也好。

只是这些年，随着年纪的增长，她也会觉得寂寞，时常想起隋靖宇，事业、金钱都没法儿替代这个男人，那是她唯一的爱情，她根本忘不掉。秦苒开始相亲，毕竟女大当嫁，可是没有一个能让她像和隋靖宇在一起时那样自然、快乐，甚至痛苦。

她决定要去找隋靖宇，这是她的自由，至于隋靖宇是否会再次接受她，那是他的自由。坦然面对爱恨，有希望就继续，没希望就死心，她煎熬已久的心终于在飞机落地的刹那变得安静。

她找到隋靖宇的时候，他正在陪乔青青试婚纱。

秦苒十分平静地说："隋靖宇，我还是很爱很爱你，并且有勇气给你幸福，不知道你还能不能再接受我。乔青青，我们都清楚当年你做了什么，我现在也正在光明正大地做你当年做的事，我们都要因此承受一些后果。我不会和你说对不起，你也不需要我这句话，和当年一样，让隋靖宇做选择。"

秦苒当时好笑地想，立湘曾经说自己是心机girl，可是陷入爱情的女人都和傻瓜差不多，由得别人决定生死，也是可悲。

隋靖宇站定许久回身说："青青，对不起。"

秦苒那天印象最深刻的是，乔青青背后有一面很大的镜子，她一身白纱，眼睛通红。而镜中的自己，宿醉后的黑眼圈明显，发丝凌乱，但是笑容恣意，别无所求。

五

立湘找到了新工作，在一个小公司里面做助理，其实就是做些杂七杂八的事儿。

付白约了立湘几次，有一天，立湘对他说："付白，我不知道是隋靖宇还是秦苒让你磨不开面子，我知道我们不是一类人，你没有必要这样勉强约我。"

彼时两人正在爬山，付白穿了一身藏青色的运动服，他笑容爽朗，成熟隐去，反倒有点大男孩的模样，他牵起她的手说："立湘，有人会磨不开面子一次两次，但是不会一直迁就或者忍让。你明白了吗？我是真的想和你试一试。"

立湘酷帅地抽出自己的手："那你也要先问问我想不想啊。"说完继续往山上爬。

两人爬到山顶时，正逢日出，一大轮太阳把立湘的脸照得红彤彤，她对付白说："我不是你想的那种人。"

付白伸手摸摸她的脑袋："我知道，我也不是你想的那种人。"

立湘抬起头看他，他笑起来的时候有一点点酒窝，在人群中无形地发着光。

"付白，老话常说婚姻要门当户对，我觉得挺对的。我不知道隋靖宇或是秦苒有没有告诉过你，我是单亲家庭，我妈妈每个月只有一千多块钱的社保工资。我呢，毕业于一个不好不坏的大学，前阵子失业，最近刚刚找了一份工作，每月只有四千块钱。我既不漂亮，也不优秀，更没有什么背景或者好的家世，你这是何必呢？”

付白看着她的眼睛说：“你们现在这些年轻人真不行啊，谈恋爱谈恋爱，什么乱七八糟的都谈，唯独不谈自己的感情，你敢说你对我没有一点想法？”

立湘还没来得及说什么，就听到付白说：“我对你可是很有想法。”

“为什么？”

“鬼知道！我说句不好听的，一个男人喜欢一个女人，大部分时候都是想睡她。但是你放心，我是本着想合法合理睡的想法，在追求你。”

立湘想起秦苒的话：“这个付白，是个闷骚的。”

果然。

她有些无奈地说：“我并不是不想谈自己的感情，只是两个人在一起，光谈感情也很难。或许因为你一时的心血来潮，我会经历很多我不想再经历的事。我曾经为一个男人抛下了所有的自尊，我没有勇气再来第二次了。”

付白回答：“谁还没搞过对象、伤情过一两次呢？虽然有很多人走到一起并不是因为爱情，这样确实很无奈。可两个人不能在一起，说到底是不够爱，甚至是不爱。你不能因为某一个人的错误，就把其他人统统否定。我希望你能给我一个机会。”

立湘心绪纷乱，他却又一次牵起了她的手：“我是一个男人，一个有能力给自己女人幸福的男人，我想给你也能够给你继续敢爱敢恨的勇气。”

立湘还是纠结：“你喜欢我什么？”

付白说：“这个很复杂，首先我见过很多女强人，比如秦苒这种，也曾经有过交往的对象，知道那是一种什么感觉。其次，审美上我一点都不喜欢锥子脸，第一次见面的时候你穿了一件白色的裙子，腰细腿长鹅蛋脸，长得很古典很柔美，推开餐厅门的时候，长发有一点挡住眼睛，整个人都是我喜欢的样子。后来接触了几次，我觉得你是一个很温柔很顾及别人感觉的女孩儿。一个温柔美丽的女孩儿，我喜欢她不是太正常了吗？”

立湘有些发晕，活在坎坷和自卑的世界中太久太久，她不敢相信自己会像付白说的那样好。

太阳升起来了，新的一天由此开始。

“试一试，嗯？”

她点点头：“好，那就试一试。”

和付白恋爱后，立湘变得爱笑了，也学会了打扮自己，整个人越来越漂亮，这是有目共睹的事情。最近她在考一个从业证，准备去一家证券公司从事自己的本专业，忙得顾不上和付白约会。证券公司面试通过那天，立湘请付白吃饭，她穿了第一次见面时穿的那条裙子，化了很甜美的妆。

那天晚上付白没有让她回家。

他把她按在酒店房间的门上，在她耳边轻言："第一次见面的时候你也是穿着这条裙子，那时候我就想，你的腰可真细。"

浓烈的男性气息让立湘头脑发晕："我想……我应该回家。"

付白的手从她的衣领探进去："立湘，想不到你还挺会折磨人的。"

她脸颊泛红："我没有。"

付白不停地吻着她的脸颊、耳朵、脖子，然后熟练地脱掉她的衣服，直直地看着她的眼睛，毫不掩饰自己的征服欲："立湘，我不会对你说什么因为我今天和你上了床所以一定会对你负责之类的话，未来的事谁都说不准，可无论现在我们怎样，我都想和你走下去。你明白我的意思吗？"

立湘害羞地护着自己的身体，抬起头望着他："付白，我没什么可后悔的。"

此刻我觉得，你爱我，尊重我，而我爱你，也值得你爱，我与你旗鼓相当。你想要得到我，而我又何尝不是。

那大晚上她很累，却因为安心所以睡得很好。

年底的时候立湘和付白参加了秦苒和隋靖宇的婚礼，秦苒在婚礼前对立湘说："立湘，这一年，我的心里有些苦。你知道的，毕竟我和隋靖宇分开了那么久，曾经的感情消耗了太多，想要补回来又谈何容易。我们都犯过错，也都走了一些弯路，兜兜转转这么久，心境发生了很多变化。我希望你和付白在一起，无论如何都不要做出消耗彼此感情的事情。”

立湘帮秦苒熨着礼服：“苒苒，别想那么多，你就是因为有时候太强势了，所以才会错失掉很多属于女人的特权。你要是对他有什么不满，可以用一些柔和一点儿的方式说出来，比如说撒撒娇啊之类的。男人嘛，总是让着女人的，有时候大家也都是在憋着一股子劲儿，拉不下脸面罢了。”

秦苒乐了：“吆，我们小立湘什么时候也变成心机girl了？”

立湘呸了她一声：“我只是知道，很多人一辈子都没有办法拥有一段属于自己的爱情，更别说是和自己爱的人结婚然后相守一生了，相对而言，我们已经足够幸运。人都是因为不满足才觉得苦，我以前拥有的东西太少，现在我有妈妈，有付白，有自己的工作，我就已经很幸福了！”

婚礼上，新郎官儿隋靖宇发言：“十七岁那一年，我就对我的班主任胡老师，也就是我的岳母大人说，我以后肯定要娶秦苒。今天，我践行了这个诺言，谢谢我的妻子秦苒，谢谢她像个女战士一样，那么勇敢，那么漂亮，那么好，谢谢你嫁给我。你和我十七岁的时候想象的模样并不一样，但是我爱你，和当初一模一样。”

秦苒笑得甜蜜，走过去一把搂住了隋靖宇的脖子：“老公，余生，请多多指教。”

今时今日我得偿所愿，眼泪不足以表达喜悦，只愿我笑脸长存你心，不同于十七岁那年的青涩，却仍旧有一双爱慕你的眼，可伴你走上一生，了无遗憾。

寂寞让我如此美丽

今夜的寂寞让我如此美丽，

并不需要人打搅我的悲喜。

一

柴松第一次见到许声的时候，她坐在酒吧的舞台上，弹着一把木吉他，唱着一首不知名的歌。

我爱过许多许多人，却只为他流过眼泪。

从此我懂了寂寞的滋味，再也无法爱上谁。

唱了三四首她就拎着吉他走下台，许多人的眼神都追随而去。

王远泽也在其中："这妞条儿顺盘儿靓啊。"

柴松客观评价："气质太冷了。"

王远泽乐了："长得好看的都爱装。"

没一会儿，王远泽就被老婆一个电话召了回去。柴松喝了会酒才离开，在酒吧门口又看到了那个唱歌的女人。

柴松走近看她，那女人的头发特别长，又很柔顺，穿着一件墨绿色的短袖，一条黑色牛仔裤，简简单单站在那里就是美好的风景，只是有些拒人千里之外的样子。

“你好。”

她不答话，只淡淡地看着他，带着一点疑惑。

柴松拿出一张名片递过去：“我是星锐传媒公司的，你唱歌很好听，有兴趣来我们公司做歌手吗？”

她浅浅笑开，像是夜色中昙花绽放，柴松的心轻轻地动了一下。

“抱歉。”

她说话这样简短，理由都不给一个，柴松不甘心：“要么我们加个微信，你什么时候想好了可以联系我，多久都行。”

女人又摇摇头，风吹过来，她长发盈空，转身而去。

那天晚上柴松梦到了这个连名字都不知道的女孩儿。一觉醒来，天光大亮，他坐在床上想，于公于私，真是惦记上了。

一到公司他就安排助理去查这个女孩儿的情况，拿到档案时柴松有些惊讶。她叫许声，毕业于中央音乐学院，学流行音乐的，毕业后加入她老师迟瑞的音乐工作室，三年后辞职，之后一直在酒吧唱歌。

晚上柴松又去了那家酒吧，在靠近舞台的位置坐下，九点多的时候她背着吉他走上台，难得还说了两句话：“今天给大家唱一首我写的歌《一步之遥》。”

她属于那种王菲类型的小嗓音，唱起情歌来清清冷冷，丝丝入扣：

我和你一步之遥，向前我就能拥抱你。

我和你一步之遥，向前我就能亲吻你。

我和你一步之遥，向前我就能牵你的手。

我和你一步之遥，向前我们就天长地久。

可是一步之遥是我们永远的距离，

感谢你赠我空欢喜，感谢你曾给我勇气。

这一步之遥也算是我爱过你的痕迹。

她又唱了两首英文歌，然后又像昨天那样背着吉他去了后台，柴松眼睛就没离开过她，赶忙跑到酒吧门口蹲守。

许声一出酒吧就看到了昨天那个和她搭讪的男人，他三十多岁，有一点点驼背，穿一件灰色衬衣、黑色长裤，正在门口抽烟。

她和他擦肩而过，果不其然被他叫住："许小姐，你好，不知道你还记得我吗？昨天我们说过话。"

许声点点头看着他，柴松笑容很亲切："许小姐，我们换个地方聊一下可以吗？"

"我还有事。我真的不想加入什么娱乐公司。"

柴松挡住她的去路，这引得许声皱起了眉。柴松发现她的眉毛修成了那种弯弯的形状，并不是时下流行的一字眉，没有画就很深，衬得那双眼睛在黑夜中异常明亮。

“许小姐，我真的没有任何恶意，我知道你弟弟得了尿毒症，你白天打工晚上唱歌，这样太辛苦了。如果你能来我的公司做歌手，不敢说能变得多富有，毕竟现在的音乐行业很低迷，但是肯定比你现在这样轻松得多。”

“不用了，谢谢。”

她还是头也不回地离开。面对金钱和机遇的诱惑，她如此冷漠，这让柴松更觉好奇。晚上回到家他打电话给王远泽：“你说为什么，她本身就是学音乐的，偏偏不想进入这个行业的中心，反而只是在边缘，在酒吧唱歌能有什么出头之日？”

王远泽嘻嘻哈哈：“我们远离一件事情，往往都是因此受过伤害，或者有可能受到伤害。你既然这么看好她，就多去几次。烈女怕缠郎嘛！”

“滚蛋！”

柴松连着一整月去酒吧找许声，终于有一天，许声对他说：“柴哥，这样吧，周末下午我们在星巴克见一面，我告诉你拒绝你的原因，这样可以了吧？”

柴松屡次要送她回家都被婉拒，她总是一个人孤零零地背着那把吉他。柴松看她的背影都觉得心疼，这感觉很奇妙，他三十岁之后再也难对家人以外的女人动一点点感情，尤其是他身处娱乐圈这种地方，见到的女人大多是充满野心，可以为了名利不顾一切的狠角色。

周末星巴克，柴松来得晚了点儿，他手下的一个艺人昨晚在微博上和一个著名的狗仔展开了骂战，不得不危机公关了一整晚，早上险些爽约。

“让你久等了，不好意思。”

“没关系。”

许声穿了一条红色的有点民族风的长裙，她很少穿这样鲜艳的颜色，然而却未施粉黛，只是素颜就仙气十足。

“裙子很漂亮，你这样穿很好看。”柴松发自真心地赞美。

许声有些羞涩地笑了一下，她的唇形很美，看起来让人有亲吻的欲望。

“柴哥，我今天是想给你讲我以前的事。我拒绝你不是我多清高，不是我不喜欢音乐，是因为以前的一些荒唐事。”

“你说。”

许声看向窗外，仿佛整个人都陷入了回忆：“我大学毕业后加入了我老师的音乐团队，那时候我已经为国内一些知名的歌手写了几首歌，当然你知道那是不能署我名的。”

“明白。”

“我的老师迟瑞，他很有名，那时候我没想到研究生能选他做我的导师，他真的很有才华，我跟他学到了很多。后来他又给了我一份工作，我真的特别感激他。”

柴松这种人海中摸爬滚打的人精几乎不需要听完她的话：“老掉牙的师生恋的开端。钦佩，感激，依赖，再到好感和所谓的爱情。”

许声眉头皱着，有着不符合她年纪的倔强：“如果真的是那样就好了。事实上因为他连续三年把我的作品署他的名，后来我们闹掰了，我离开工作室的时候，他对我说：你最好永远不要踏入这个圈子。”

柴松听完之后很平静，他能猜出这个女孩儿不是因为别的而伤心，最主要的是，她觉得自己喜欢上了一个人渣，很认真地喜欢了几年，然而那个人掠夺了她的梦想，践踏了她的自尊，甚至最后不欢而散、恶语相向。

越是表面看起来不动声色、不轻易动感情的人，往往最是痴情，最爱钻牛角尖。

“许声，你喜欢唱歌。这最重要，不是吗？”

许声抬起头，看着柴松，眼神挣扎。

柴松是一个典型的生意人，他凡事权衡利弊，迅速做出决断：“你喜欢唱歌，有什么比这个更重要？他曾经剥夺你的署名权，如今连你的喉咙也要封上吗？还是说，其实是你自己封上的？”

许声的脸上有了悲伤的神色，她没想到自己会向一个陌生人倾诉，而这个人轻易就能看到故事背后的情愫与悲哀。

“柴哥，我今年三十岁了，有些晚了。”

柴松把咖啡喝完，还是那样笃定的语气：“用鸡汤的话来说，梦想和爱情，多久都不晚。我可以向你保证，来我的公司，我会帮你实现你的梦想，你就安心做音乐，其他的我会搞定。你不爱做的，我不会强迫你。别人想伤害你，我也有能力保护。”

许声不解：“你为什么要对我这么执着呢？

柴松坦言：“其实我也是音乐学院毕业的，资质不行，所以每当看到你们这些有才华的人，我都很羡慕，也非常想打造你们，看着你们在台上发光。也许你们的梦想实现了，也就相当于我的梦想实现了吧。”

许声笑了，这是她第一次笑得这么轻松：“柴哥，我答应你，我去你的公司。我相信你。”

多少年后柴松都记得许声的眼神，历经背叛与伤痛，却还能勇敢地直面梦想，她对音乐是有渴望的。

二

许声进入公司后被送往美国学习半年，回国便发了第一张中国风EP（迷你专辑）《海市 · 海誓》正式出道。柴松安排她上了一档音乐真人秀，那天她穿着一身火红的长裙，戴着猫头鹰面具唱了一首老歌《寂寞让我如此美丽》。灯光闪耀，舞台上的她大放异彩，声音性感中又有些空灵。当她唱到“今夜的寂寞让我如此美丽，并不需要人打搅我的悲喜”时，看到了评委们惊讶的脸，也听到观众们的欢呼和掌声。她放下话筒，随着音乐最后跳了几个拉丁的滑步，音乐声止，灯光消逝，她也退至幕布后。摘下面具，她已泪流满面，原来这就是和音乐在一起的感觉，这是她的梦想啊！

柴松在后台给了她一个大大的拥抱：“丫头，你唱得真好。”

当晚她就以“#猫头鹰小姐是谁#”这个话题上了热搜榜，柴松安排公关部买了些大V继续炒热话题，在第二天的节目上她摘下面具，高颜值让她一举成名。

这让许声觉得有些失落，柴松开导她：“先让大家认识你，然后再让大家了解你。”

那时许声正在后台卸妆，她摘下了假睫毛，侧脸变得温柔许多，灯光下鹅蛋形状的脸十分美好：“我只是想让大家了解我的音乐。”

她闭上眼靠在椅子上，有些疲惫。

柴松去握许声的手，她没有拒绝，还是一动不动地闭目养神。

“丫头，有时候梦想和名利是必须绑在一起的，梦想虽然很单纯，但名利却是很浮躁的东西。我知道你不喜欢那些，可是很多事情，没有办法，你要去适应。”

“我要是适应不了呢？”

“我会放你走。”

“好。”

许声睁开眼睛，看着他：“我也会答应你，不轻易逃跑。”

柴松笑了，他笑的时候会让他本来平凡无奇的相貌看起来变得有魅力，那是岁月经历赋予他的笃定。

许声在半年内出了一张正规专辑《寂寞不可说》，精湛的唱功让她赢得了一些电影电视剧OST（原声音乐）的资源，贺岁档爱情电影《风起时想你》票房大爆，她的单曲《向你而行》也荣登各类音乐榜单的榜首，一时间，她成为歌坛上风头无两的新人。

在后台接受访谈时，主持人问她：“今年是您出道的第一年，就拿到了权威奖项的最佳新人奖。我知道您本人是中央音乐学院毕业的，也曾从事幕后的音乐创作，现在走到台前演唱是一种很不一样的感觉吧？”

许声的面前有很多支话筒，她只说了一句，便在娱乐圈迅速炸开了锅：“在台前，你唱的歌，就是你唱的。但是在幕后，也许你做的事情，并不一定有机会被别人知道。”

那天的颁奖晚会上，她没想到会碰到迟瑞，更没想到是他给自己颁奖。颁奖之前，他甚至大言不惭地对台下的人说：“大家有所不知，其实今天我要把这个奖项颁给我的学生，当年她在我的音乐室做了三年的幕后创作工作，今天能够给她颁奖我非常欣慰。她就是，许声。”

从迟瑞手中接过水晶奖杯的时候她的手在颤抖，为什么连她都不愿去想去提起的过往，他却要重提甚至在蹭热度？而且在她被公正认可的时刻，由他给自己颁奖，这未免太过讽刺。他甚至在她耳边道贺：“恭喜你了，小声。”

以前他总是这样称呼，因为她不爱多言，说话的声音也小，所以他总是玩笑一般地称她“小声”。

她不喜欢“小声”的自己，她要让别人听到自己，也想让所有人都知道真相。

许声的那句话像是平地一声惊雷，记者们兴奋起来了，纷纷问她是否意有所指，在暗示什么。柴松立即挡开采访的人群，迅速护着她离开了电视台。

车子疾驰而去，柴松先是打电话安排营销宣传和公关组立即拿出公关方案，然后严肃地对许声说：“你刚才在做什么？你想过后果吗？我说过我们不怕迟瑞，但是没说我们可以主动招惹他。你知道他妻子是谁吗？是星锐公司老板的女儿。你想没想过为什么到现在他都没有找你的麻烦，是因为，你在他妻子的公司，你获利他们就获利，从根本上你没有触碰到他们的利益。”

许声很平静：“为什么一开始你没有告诉我，你在背后，又和他们做了什么样的交涉？”

柴松叹息一声：“丫头，很多事情，我没得选择。我保证会让你堂堂正正地唱歌，但是我们之间总要有人低头，这就是娱乐圈。”

许声最近总是很忙很累，而这一刻她却是轻松的：“柴哥，谢谢你。我真的不太适合这个圈子，这些名利很好，但是我并不喜欢它的附加品，这和以前没什么区别，在利益权势面前自尊依然一文不值，我是一个很简单的人，我只想做我喜欢的事。”

柴松很生气地质问：“许声！没有什么会是轻松的，这个社会，这个圈子，都是这样，哪怕你离开了娱乐圈，回去唱歌，还是会拿着微薄的工资去支撑你的家庭，没有谁是容易的。你懂不懂什么叫作厚积薄发？什么叫作忍辱负重？等有一天，你变成了那个强者，再说出真相，再去维护你的自尊，才会有人信，才会成功，现在你是在以卵击石。许声，我们输不起。你现在离开，就永远没有翻身的那一天了。你真的不想往更高的地方走吗？不想让更多的人听到你的歌？”

许声沉默了，她摆弄着自己的晚礼服，丝质的触感冰冷，她陷入了两难。

当晚柴松接到了迟瑞妻子的电话：“柴松，我给你面子让你签了她，不是让她来惹事的。”

柴松低声下气地求情：“是我的错，我保证会消除一切影响，希望Linda姐再给我一次机会。”

Linda很生气：“我可以给你一次机会，但是我要她亲自在媒体面前承认自己说的都是谎话。”

“Linda姐，这有些强人所难了，我会让媒体和公众相信许声说的话都是无心的，只是在说一些行业现象，没有特指任何人，这样还不行吗？”

Linda步步紧逼：“和我讨价还价，你凭什么？”

柴松只能破釜沉舟：“凭我自己，如果你不同意我的解决方案，我会离开星锐。”

Linda恼羞成怒：“威胁我是吗？你以为你走了别的公司敢收你！我会让整个圈子都知道你和许声的丑事，我会让你们身败名裂。”

柴松弯弯嘴角，平静地说：“总之，我就是这个态度。如果一个男人只有一种谋生方式未免太失败，况且有时候人都不要把事情做到太绝，毕竟我们都知道黑的就是黑的，白的就是白的，真要鱼死网破，不一定谁笑到最后。还有，我确实喜欢许声，但是我从没有因此向她提出过什么无理要求，我尊重她也爱护她，我既没有和她有过什么龌龊的身体交易，更没有理所当然地把她的歌曲署上我的名字，就这样，你好好考虑。”

他挂掉电话，觉得自己一定是疯了。他说的这些话是在赌，这些年他在星锐很受重视，逐渐变得不可或缺，那些所谓的秘密他也知道不少。越是心虚的人越是不敢赌，他想为许声赌一把，人是他领进了圈子，就像一开始对她的歌和人动心一样，于公于私，他都会全力帮助她。

“柴哥。”

柴松回过头，看到许声惊讶地望着他。

原来，他的电话一直在通话中，许声联系不到他就来到公司，没想到那些话听了个正着。

她感动又愧疚，同时也有很多的不理解。他们那些人终究都太复杂。

“你怎么来了？找我有事吗？”

许声摇摇头：“现在没事了。”

她把手中的辞职信握得更紧了一些，这人世寂寞，有几人肯为你下跪，又有几人肯为你冲锋陷阵？而柴松都为她做到了。她又有什么理由，不再试一次。

三

风波持续了将近一个月才得以平息，这段时间，柴松给许声放假，为她和她的弟弟安排了去国外旅行。

回来后，她整个人都瘦了，也黑了一圈，化妆师又不经意间提及："你这样看起来比柴哥更憔悴啊。"

她纳闷："柴哥怎么了？"

"最近公司事情多，他几乎天天住公司，有一天累得饭都没吃就坐在沙发上睡着了。"

许声要赶一个通告，走之前她去柴松办公室，看到他站在窗前往外眺望，背影还是那样，有一点驼背。她敲了敲门，柴松回身，两人隔着玻璃门相视而笑，他眼神温和，笑容亲切，让她觉得心安。

赶完通告回来助理兴奋地说："柴哥今天生日，大家给柴哥办Party呢，我们也去热闹热闹？"

许声随口答应："好。"

她不擅交际，喜欢安静，Party上坐在角落里喝着饮料，听到公司的一些艺人和同事对她指指点点："傲什么啊，不就是攀上了柴哥的高枝，真以为自己是金凤凰。"

许声不以为意，只要柴松相信她就足够了。她是一个冷情的人，很多时候别人说的话并不能伤害到她，因为不在意，所以不着心。

那晚柴松喝多了，有个新加盟公司的小艺人主动要送柴松回家，众人欢呼起哄，柴松连连摆手："让小唐送我就行了。"

最终柴松还是被小艺人塞进车里，红色的跑车呼啸离去。

许声回到家，许久没有睡意，她终于坐起来打电话给柴松。没有人接，她就不停地打，终于一个甜腻的女声传来："许声姐吗？柴哥在洗澡，你有事吗？"

许声没说话，果断挂断电话，顷刻间泪如雨下，她很久没有这样畅快地哭了，心里有说不出的难过和失落。前段时间她去国外走走停停，远离纷纷扰扰，都是柴松在为她摆平一切。许声觉得自己不安的心因为他的存在在渐渐变得平和安定，可是此刻她异常绝望。其实她根本不了解柴松，一直以来她都是被动接受，从未向前迈一步。

柴松已经三十有四，是一定意义上的成功人士，过往的经历也很丰富。对此许声并不介意，但是她不知道要如何靠近他，她也不敢，她从来都是一个胆小懦弱的人。

第二天一早她去公司餐厅吃早餐，电梯门打开，柴松也在里面，西装革履，不见宿醉的狼狈。她走进去，两人并肩而立，他和她轻松而平常地打了招呼："去吃饭？多吃点，看你回来瘦了不少。"

电梯门徐徐关上。

许声问："昨晚我给你打电话，是别人接的。"

柴松不以为意："我手机忘在她车上了，一会儿我得想着管她要。"

许声松了口气，可还是觉得心烦意乱。

她随意吃了一点早餐，Linda和迟瑞就坐在离她不远的位置，两人时不时地看向她。这并不是让她失去胃口的原因，她一直在回想柴松在电话里对Linda说的话，她确信，柴松是喜欢她的。那么，她的不靠近是因为怯懦，柴松是因为什么呢?

窗外一派春意盎然，许声突然想回到从前，像普通人那样，心烦的时候一个人出去散散步。

她离开餐桌，在公司附近的公园找了张长椅坐下来。微风轻轻抚摸着她的脸，她想起了年幼时小朋友们总爱快乐地唱着《春天在哪里》，而如今，在这个美丽的都市，有几人还能为一个季节而深感快乐呢?

不知不觉坐了很久，有人突然坐到了她身旁。

柴松问："发什么呆呢？"

许声所答非所问："春天真好。"

柴松模仿着赵忠祥的声音："又到了交配的季节。"

许声笑出声来，她身后那棵正在发芽的树，映着她鲜活的笑脸，让柴松觉得一切都是如此美好。

许声决定把话摊开："柴哥，你喜欢我，为什么不靠近我?还是我误会了，你只是把我当作一个同事，一个艺人，或者一个妹妹？"

柴松没想到许声会问得如此直接，他指着一个方向说："你知道丁香胡同吗？"

许声点点头。

柴松说："我就是在那里长大的，胡同里面的孩子家里都穷，我一步步走到现在也很不容易，所以我能理解手下这些打拼的艺人，他们很多时候甚至承受比我更多的东西。我第一次见到你的时候，真的觉得很惊艳，知道了你的故事，我更希望能帮助你。我不否认，从一开始，我就喜欢你。但说实话，我没想到你会这么快就获取这么多成绩。现在是你的事业上升期，我不能耽误你。我喜欢你的人，也喜欢你的歌，你是那种只有唱歌才能不寂寞的，所以我不能靠近你，至少现在不行。"

许声心里很不是滋味："那么，如果，我也喜欢你呢？"

柴松惊讶地看着她："许声，不要开玩笑。"

许声些刻眼神纯净，像一个单纯的孩子："你说得对，我是一个与寂寞为伴的人，只有唱歌的时候才能摆脱它，也许在和你相爱也会不寂寞。你一直帮助我，帮助我弟弟治病，帮助我站在舞台上，这两年发生的事情，放在以前我想都不敢想。在经历那些荣耀和诋毁的时候，只要你站在我身后，我就觉得安心，也没有逃跑。我热爱音乐，是你让我去勇敢地追求我的梦想，我想我也学会了勇敢追求我的爱情。谢谢你为我做的一切，谢谢你的付出和牺牲。我知道，我不只是因为这些才喜欢你。我也说不出是为什么，但我清楚自己的心意。"

柴松有些震惊。许声继续表着心意："也许我的事业，我的梦想，需要等我强大了，我才能够有话语权。但是我的爱情，我想我随时都准备好，可以和你在一起，因为你可以保护我，爱我，不需要我强大到坚不可摧，我会温柔爱你，陪伴你，这就够了不是吗？如果让我在梦想和你之间做选择，我想没有什么会比我心中所爱更重要。离开音乐我会遗憾，没有梦想我会寂寞，可是没有爱我早晚会死，我不想错过你。”

在幸福的眩晕中柴松很久才回神，他第一次见到她就爱上了这个寂寞而美丽的女子，但此时此刻，他依然未敢奢求。他怕以后会因为自己而伤害到她，过往经历的种种也让他觉得自己配不上这么好的女孩儿。

他的沉默让许声的心一点点下沉，低到尘埃里。

许声有些怅然：“我明白了。”

此后，两人一个月没有见面。有时候就是这样，当你和一个人的缘分变得浅薄时，连相遇的次数都会变少。有多少冥冥中的注定其实都是向往的臆想。

许声生日这天，办了自己第一场小型演唱会。她和台下的歌迷一起大声歌唱，一起欢笑流泪，她又唱起那首第一次遇见柴松时的歌：

我爱过许多许多人，
却只为他流过眼泪。

从此我懂了寂寞的滋味，

再也无法爱上谁。

突然，体育馆飘起花瓣雨，柴松从观众席中冒出，抱着一束玫瑰花，一步步向许声走去。

许声声音颤抖，眼泪滚落，不敢相信这眼前的一切是真的。然而那真的是他，抱着火红的玫瑰，眼神坚定，向她而行。

直到两人一步之遥，她接过柴松手中的玫瑰，柴松拿起她手中的话筒："大家好，我是许声的朋友和仰慕者，也是她的同事和所谓的伯乐。我第一次见到她时，她在酒吧唱了刚才那首歌，我觉得她唱歌的时候特别寂寞也特别美好。我对她一见钟情。我知道我今天的做法对许声也许是弊大于利，但是许声，我希望你能做我的女朋友，我会永远呵护你。好的坏的，我都陪你面对，寂寞还是热闹，这人间我陪你走一遭。"

台下的歌迷欢呼尖叫着："在一起，在一起！"

柴松拿起吉他，他要给许声唱首歌："不唱歌很多年了，现场的人很多，但是这首歌我只唱给你听。"

你的眼睛像星辰，太远也太冷。

你的眉毛像远山，含着那愁绪万千。

我要用手抚摸你的眼，暖你心中的冰山。

我要为你画弯弯的眉，用一生画一次圆满。

我要一步一步走向你，跨过那一步之遥。

我会一直一直陪着你，直到寂寞都苍老。

许声微笑着站在他身旁，默默地听完歌，她拨弄了一下柴松手中的琴弦，对他说：“我爱你。”

风起时想你

山山水水几万里，别问情深几许。

风起时想你，风止时不息。

一

“老妹儿，住不住店？家庭宾馆，标间，干净，有网。”

徐东把刚点上的烟从嘴上拿下来夹在左手的食指和中指之间，她声音和外表都很温柔：“多少钱？”

“一天五十。”

徐东抬脚就走，这人又追过来：“咋的老妹儿，嫌贵啊？价钱可以再商量，四十,四十行了吧，没有比这儿更便宜的了。”

徐东点点头，跟着这个五短身材的男人向着火车站附近的一个小区走。

“来旅游的？你这个季节来，草原都黄了，没啥看的了，也冷了。”

徐东被风吹得呛了一口烟：“你们这儿风真大啊。”

“草原上风更大，你要是去玩儿必须穿厚点儿。”

徐东先睡了一觉，然后去外面找吃的。车站附近的店一般都极其难吃，她坐公交随便到了一个三站地远的地方下车去觅食。

“一份烧麦，一盘炸蘑菇，一瓶啤酒。”

徐东点完餐推开店门出去抽烟。她没怎么睡好，这两天在火车上就没合眼，悲剧的是那个家庭宾馆不隔音，隔壁房间的床一直响，她拍了两回墙才消停了一会儿。

“有打火机吗？”

那人声音低沉，长得很高，有一米八多，穿着一件黑色运动外套。徐东抬头，她从没有想过来到内蒙的第一天，就会和时磊重逢。

徐东从黄果树烟盒里面拿出打火机递过去，上面写着“聚福缘烧麦馆”，时磊接过来按了两下才打出火。

“你还是抽这个烟。”

徐东的声音有些颤抖：“嗯，便宜，好抽。”

回到饭馆里，徐东发现自己那桌被新进去的客人占了，时磊招呼她：“和我坐一桌吧。”

然后又补了一句：“你不介意的话。”

她怎么会介意。

两人都默不作声吃完自己点的饭菜，时磊一起结了账。

他开了一辆牧马人，眼神平静地看着徐东，徐东想了想打开车门坐了上去。

徐东问："这边儿不是都开丰田霸道吗？"

时磊有些好笑地看了徐东一眼："还挺懂，哎，满大街都是，太土。"

徐东觉得一切都有些不可思议："真巧，我没想到会遇见你。"

时磊觉得这姑娘又瘦了，不知道是不是还像以前那样拼命赚钱："你来干吗了？"

徐东也不瞒他："我准备去一趟蒙古，背点儿货回来卖，民族工艺品、特产利润还挺大的。"

时磊说："你别去了，我朋友常年去那边进货，有货源，你想进什么和他说吧，让他给你发，背货太辛苦，我让他给你成本价，加上运费也就和你自己进货差不多。俄罗斯那边他也跑，你需要也和他说，我一会儿给他打个电话。"

徐东应下了，想道谢却没说出口。

沉默了很久，徐东终于鼓起勇气抬起头看时磊，他比大学的时候更硬朗了，眉眼锋利，整个人都是那种很锐气的感觉。

"你现在做什么？"

时磊坦言："这两年这边儿旅游业发展得好，我开了个旅游公司。说是公司，其实就十几个人，几台车，混口饭吃。"

徐东其实真正想问的不是这一句，她咬咬牙说："你结婚了吗？"

时磊摇头："没有。你呢？"

徐东答："没碰到太合适的。"

再也没有遇到，像你一样，让我深爱的人。

时磊像教训小孩儿似的："别太挑剔，找一个喜欢你的，对你好的，能保护你的男人。"

徐东撇了撇嘴："你这语气和我妈差不多。"

时磊笑了，不再说话。

两人分别时，加了彼此的微信，时磊说明天会带她去见他的朋友，帮她搞定进货的事。

那晚，徐东在宾馆哭到眼睛都肿起来。她这次来，没想到会和时磊相见，那些往事如同涨潮时的浪花拍打在她的心上，猝不及防，汹涌哀伤。

时磊晚上请几个哥们儿一起吃饭，却没点酒，王博宇问他："喝点儿什么？啤的白的红的？"

时磊摆摆手："不想喝，我怕我收不住。"

立强问："怎么？出啥事儿了？"

时磊不理："有黄果树吗？给我来一根儿。"

"我们哪有这烟啊？味儿太淡了。再说，档次也不行啊。"

时磊抬起头看着立强："像她，我喜欢。"

她从来都不是最好的选择，却好像，是他唯一的选择。

二

徐东和时磊的相遇故事十分老套。据说大学帮你搬行李的师兄才是永远的师兄，徐东大一报到时，就是时磊帮她搬的行李箱，还卖给她一张一百块钱的移动电话卡，后来学校发电话卡时她才有种上当受骗的感觉。

时磊对这个买他手机卡的女孩儿印象深刻，长得很漂亮，名字很爷们儿。他们第二次见面是社团招新，时磊那会儿是辩论协会的会长，徐东认出了他，对自己的舍友孟岚说："这不是咱们系大二那个卖电话卡的骗子吗？"

周围的人笑起来，时磊顿时有些窘，副会长于娇打圆场："看来是小师妹，小师妹你看师兄为什么能把电话卡卖出去，就是靠着绝佳的口才，所以说加入我们辩论协会，对辩证思维的养成、口才的锻炼，甚至是日后走上社会工作应聘都有帮助的。"

"长得帅。"

于娇没听懂："你说什么？"

徐东重复了一遍："我说我觉得师兄能卖出去电话卡，是因为长得帅，我能问一下你卖的电话卡是男生买的多还是女生买的多吗？"

时磊哭笑不得："我都不知道你是在夸我还是骂我了，这样小师妹，你加入我们辩论协会，我不收你会费，咱把电话卡的事情翻篇儿成吗？”

徐东狡黠微笑：“给我们两个人都免费才行。”

时磊一副被打败的表情：“行，填表吧。”

等徐东离开，时磊认真看了看她填的表格，把自己卖给她的电话卡号输入到他的手机里面。

当晚徐东收到了时磊的短信：“小师妹，刚给你充了一百块钱话费，这次我彻底不欠你什么了，以后不准跟别人说我是骗子，你要学会尊重师兄。”

徐东正在宿舍楼道尽头的阳台抽烟，刚刚晾在阳台衣架上的内衣还往下滴着水，她咬着烟笑了，回复他：“谢谢师兄。”

宿舍大刘看着时磊诡异的笑容说：“干吗笑得这么荡漾？又有小师妹给你发短信了？”

时磊头都没抬：“是我给小师妹发短信呢。”

大刘好奇：“很美？”

时磊想了想说：“不算，但是挺特别。”

他说不出来，只觉得徐东有一种很淡定自若的气质，那双眼睛特别亮，好像能直接看到你心里去。她一头短发，看着很清新，微笑起来有些狡猾，让人好奇。相貌不是特别出彩，胜在有灵性，有点周迅的味道。

所谓的好奇，说白了就是感兴趣。以至于在社团活动中，他总是不自觉地去注意这个女孩儿。参加了几场比赛，徐东很快成为一名虽不成熟但非常犀利的辩手，她担任二辩，经常在对辩环节把对方二辩驳斥得哑口无言。但私下里她却不爱说话，总给人淡淡的疏离感。

三

时磊曾几次和徐东在图书馆相遇，因为他们都爱看《世界电影》杂志。有一次，他在最新一期的《世界电影》中发现了一枚画着小猫的书签，直觉认为这应该是徐东的物件，鬼使神差地，他拿走了那枚书签。

终于有一天，他接到了徐东的电话：“师兄你好。”

“你好，哪位？”

徐东根本不理会他的装模作样：“我去图书馆找我放在《世界电影》的书签，但是没找到，我想应该在你那里。”

时磊打太极：“图书馆每天那么多人看书，你怎么就认定是我拿走了？”

“我调阅了借书记录，在我之后只有你借过最新一期的《世界电影》。”

时磊没想到一个书签还值得她大动干戈去调借阅记录，他承认道：“不瞒你说，书签确实在我这儿，这样吧，你明天请我吃早餐，我把它还给你。”

那书签是徐东的父亲为她做的，她一直很宝贝，于是爽快答应：“没问题，但是师兄，你是知道我的，我从来不做吃亏的事情。”

说完就迅速挂断了电话。

时磊被这句威胁逗乐了，小丫头。

五分钟后徐东收到时磊的短信：“那这样，我请你吃早餐，当作‘不小心’拿走你书签的赔罪，怎么样？”

徐东想了想回复：“好，明早八点三餐见。”

第二天时磊其实没有课，他七点半起床去洗漱的时候吵醒了大刘：“你有病啊，没课起这么早干吗？”

时磊咬着牙刷鄙视地看了一眼大刘：“没听说过早起的鸟儿有饭吃吗？”

大刘嗤之以鼻：“你可不是什么好鸟，顶多算个鸟人。是不是又要撩小师妹了？我看人家师妹和你走对面都当没看到，你省省吧。”

不畏打击的时磊准时到了三餐厅，然而等到八点半徐东也没来，等不下去的他打电话给徐东，她鼻音很重：“对不起啊，我好像感冒发烧了，不准备出门了，麻烦师兄帮我把书签放到一楼宿管阿姨那儿吧。”

时磊有些担心，又不好多问：“要是烧得厉害就去医院吧，和你的舍友说一声，让她们带你去，去校医务室看看也行。”

徐东道谢后挂断了电话。不一会儿有人敲她宿舍门，是于娇师姐，她拎着一个袋子，里面装着早餐、水果还有药。于娇把袋子放在她桌上：“快下来吃点饭，然后把药吃上吧，怎么还感冒了？”

徐东有些摸不着头脑：“师姐，你怎么知道我病了？”

于娇答：“时磊跟我说的，让我务必把这个交给你。”说着，她从衣服口袋里拿出那个画着小猫的书签递给了徐东。

于娇走之前不无羡慕地说：“咱们会长看来真对你上了心了，徐东，好好把握，他很优秀的。”

徐东觉得这话怎么回复都不妥，干脆连续咳嗽几声，于娇果然赶忙走了。

病好后，徐东请时磊吃了顿饭，就在学校门口的一家东北菜馆，两人点了两个砂锅，两碗米饭。时磊有些开心：“小师妹客气了，干吗还请我吃饭啊？”

徐东说：“上次我生病，还要谢谢师兄。”

这句话让时磊颇为受用，却没想到下一句就像是一盆冷水浇在了他头上，徐东眼神毫无波澜地看着时磊的眼睛：“我这个人，不喜欢欠别人的。”

这让时磊有些挫败。他从初中个子长高开始，一直很受女孩儿喜欢，这些日子他虽然没挑明对她的喜欢，但是明眼人都能看出来，他不管是在学生会、社团还是图书馆，总是不自觉地去注意她。时磊交往过的女孩儿并不多，初中一个，高中一个，到了大学一直没有遇到心动的人。他偏爱有趣的灵魂，有时候人的灵魂是有气质的，敏感的人会感知得到。他能从徐东的言谈举止上看出她有趣的灵魂，但是她太内敛，不肯对谁多表露一分。他以为可以一点点靠近，没想到一开始就被她拒绝。

那天有些不欢而散，时磊破罐子破摔似的问她："你从什么时候知道我喜欢你的？"

徐东很理性地回答："从你给我第一次发短信开始。"

不喜欢，为什么要联系呢，就这么简单。

时磊又问："能说说为什么拒绝我吗？不准备再了解一下？"

徐东答："我觉得我没法相信爱情这种莫须有的东西存在。"

她说这句话时难得带了些感情，仿佛陷入了什么回忆，她的短发在餐厅窗户透过来的光下墨色般黑亮，那双灵气十足的眼睛望着窗外，有些挣扎。

那晚，已经决定戒烟的徐东又坐在阳台上抽起了烟。妹妹刚才电话里说又挨打了，徐东觉得很无力，她逃出了那个可怕的家，却不能拯救自己的母亲和妹妹。

其实她对时磊是有好感的，有谁会讨厌一个外貌成绩口才都很出色的男孩儿呢，尤其他还对自己表露出了喜欢，只会更喜欢啊。但是从小被家暴长大的她，根本不相信爱情，爱一个人难道会想要伤害她吗？这个问题困扰着她很多年，以至于她经常失眠，后来就染上了吸烟的不良习惯。

被父亲发现吸烟时已是高中。高考前夕她有些紧张，半夜睡不着就开了卧室的窗户抽烟，她家在二楼，喝酒回来的父亲看到了坐在窗台上抽烟的她。那天他冲进她的卧室伸手就打，她从二楼跳了下去。那时候各种压力让她喘不过气，她真的不想活了。

好在那次是左手骨折，第二天她打着石膏去参加的高考。然而这并未影响她的成绩，甚至超长发挥了，因为她迫切要离开那个可怕的家，因为她要掌握自己的人生。

阳台的风吹散了缥缈的烟，她才发现烟已经要燃尽烧到她的手了。熄灭了烟，突然想起那次跳楼，她觉得一切都像是电影慢放的镜头，她清晰地感受到深夜的风吹着她的长发在耳边呼啸而过，那之后她便剪短了头发。

四

时磊和徐东都以为他们之间就这样了，一切就这样无疾而终。

可是，时磊没想到会在假期旅行的时候遇到徐东。他和几个朋友去丽江，在一家小酒馆碰到了她，这时他才想起徐东家是云南丽江的。

她那天的样子有些可怕，眼眶青着，站在吧台里面。她给时磊那桌免了单，所以时磊才看到她，她仿佛什么都没发生一样，微笑着和他打招呼。

时磊走过去问："你的脸怎么回事？"

徐东回避他的眼神说："不小心撞的。"

时磊严肃起来很可怕，那双星辰一样的眼睛中有担忧也有责备："到底怎么回事？"

徐东皱着眉抬起头："这不关你的事。"

时磊被气到，酒吧人很多，他不好在这里和她争论，就一直等到打烊。

徐东和妹妹收拾好东西准备打烊的时候，有一个中年男人重重地摔门而入，那一刻徐东觉得天都塌了。

当时磊为她挡住醉酒的父亲挥来的拳头时，她恨不得当初跳楼就真的死掉了，那样的话就不会让自己喜欢的人窥探到她的耻辱。

那天徐东发狠摔了一个酒瓶子，巨大的声响让醉酒的父亲有些怔忡。徐东捡起一块玻璃碎片放在自己的脖子上，她睁大眼睛，满含泪水，妹妹已经吓得大哭，她却不让眼泪掉下来："爸，你想把我逼死的话，就继续打他，就继续打我，打我妹妹，打我妈，这个家里的人都快被你逼疯了，你为什么要做得这么绝呢？你知道的，我们都恨你，你知道的！"

徐东的父亲当时的眼神中充满了恐惧，他放开时磊的衣领：“东东，你别冲动，是爸不好，是爸混蛋，我不是人，你别伤害自己。”

徐东苦笑：“我不想伤害自己，是你一直在伤害我们！”

当时磊目睹徐东父亲跪下去的时候，他有些后悔自己等在这里。徐东一定不想让别人知道这一切，怪不得她夏天的时候都穿着长袖，她身上有很多别人看得到看不到的伤吧。

第二天徐东给时磊打电话请他吃过桥米线，她眼眶上的青色缓解了一些，她对时磊说：“你看到了，我家里就是这样的情况，知道我爸第一次打我妈是什么时候吗？是我出生的时候，他生气我妈没有生个男孩儿，我妈坐月子就被他打，后来我妈又生了妹妹，他一喝醉就会打我们三个。他平时对我们很好，但是喝了酒就会打人，醒酒后就对我们道歉，发毒誓，我们相信了一回又一回。后来我已经想好了，要么就去报警吧，可是我妈不同意，她太懦弱了。我有时候觉得他是爱我们的，但是我不懂，为什么爱一个人，还要去伤害她呢？”

时磊向徐东要了一根烟，黄果树，淡淡的味道，很像她，微苦，却让他沉迷，怜惜，更加想要去靠近。

五

时磊不知道应该怎么安慰，只能无言地看着她。

徐东说：“我不需要同情。”

时磊摇头：“我没有同情你，我是心疼你。”

这句话像是一双温柔的手安抚了徐东焦躁烦闷的内心，她低下头不敢看时磊：“希望师兄你不要对别人说。”

时磊点头：“当然，但是你要记住，这不是你的错，所以你没什么好羞愧的，该羞愧的不是你。”

徐东皱了一下眉，眼泪就要掉下来。她一个人这些年也熬了过来，不曾想会因为这样一句算不得安慰的话而想要落泪。

她带时磊去了玉龙雪山，她说：“一方水土养一方人，我其实很喜欢这里，这里的风都比别的地方舒服。”

他们在雪山之巅望着一片苍茫景色，风吹着她柔软的短发，她竟然是含笑的。经历那么多痛苦，还是会因为眼前的景色、耳边的轻风而微笑，时磊觉得自己当初的感觉是正确的，她的确是一个坚韧有趣的灵魂，她一定咬牙坚持着，一直孤独寻找着希望吧。

开学后，时磊很少看到徐东了，她不再住校，开始走读。她租了房子，把妈妈和妹妹都接到了S市。徐东不上课的时候都在打工，也没什么时间去图书馆看书，有时候时磊会把书借出来拿给她。时磊觉得自己这个追女孩儿的方法虽然老套，但是这种有借有还的方式十分管用。

他们确定恋爱关系是在徐东大二下学期。她高数学得不好，时磊经常帮她补课，那时她开始做微商，已经不用太辛苦地去打工。有一天她解出一道题后开心得不得了，突然凑近时磊亲了一下他的脸颊。

时磊以为自己等不到了，他甚至都没反应过来，当知道这个女孩儿的美好和经历的苦痛后，他就知道自己对她是一意孤行了，他没法控制自己对她的喜欢和想要保护她的心情。当一个人把自己灵魂的闪光与黑暗之处都坦露给你，你更容易陷入其中。

后来他们经常陪彼此上课，有时候他会去她家蹭饭，帮她妹妹补习数理化，帮她母亲去医院排队挂号，还会在假期带她去不同的地方玩儿。时磊的家乡在内蒙古，徐东和他一起坐火车回家的时候，在他的手机里面听到了一首歌《乌兰巴托的夜》，她想时磊的家乡应该像他一样是一个包容的、安静的、充满魅力的地方吧。

当时磊带她走进那片美丽的草原，旷野的风吹开她红色的裙摆，夜空上是星子万千，她又一次感觉到了那种平静。风吹过，心湖却没有泛起涟漪。心安处，就是救赎。他给她的爱，给她的耐心，给她的呵护，一点一点，让她真正得到了救赎。

徐东从未想过自己有一天会和时磊分开，时磊也是。

可是一切就这么发生了。

毕业的时候，时磊创业失败，度过了一段非常颓废的日子。他一向自视甚高，一直以来都希望自己能保护徐东，成为一个令她骄傲的人。可是他把家里的钱赔了个底儿朝天，一无所有的他背起行囊告别了徐东。

徐东从没想过会在时磊口中听到那么让人难过的话，他说：“徐东，我要回老家了，那边有个很好的工作机会。如果我这次能成功，再回来接你，你不必等我，但是我一定来接你。”

徐东笑了，肯定地说：“时磊，你这分明是放弃我了。”

爱让人变得天真，轻易就相信永远，然而年轻的时候对生活都缺乏掌控能力，更别说是面对命运了。命运擅长出人意料，而我们擅长随波逐流。

徐东觉得除了带着母亲和妹妹离开父亲这件事之外，最令她难过的就是和时磊分手了。那天，她斩钉截铁地对时磊说：“你不必来接我了，我们到此为止。”

时磊离开S市的时候觉得一切不像是真的。明明当初对这个魔幻的都市抱着豪情壮志，明明对自己的梦想有无限的勇气，明明对自己心爱的女孩笃定坚持，为什么会有一件事如同最后一根稻草压垮了所有？

回到老家后他安稳地工作了一年，还是创业了。这次他成功了，年纪轻轻开了公司，不算特别大，但是效益很好。他经常喝多了就去买黄果树，一根一根地抽，在公司楼顶上吹风，想念那个陪着他走过了山山水水和青春年华的女孩儿。他想打电话给她，问她过得好不好，可是她已经不肯原谅他，他确实为了可笑的自尊和自负先放弃了她。

六

与徐东重逢的这一晚，时磊终究是喝了个酩酊大醉。

第二天他却收拾得干干净净去接徐东吃早饭，没有一点宿醉的样子。她的样貌没太大变化，气质还是那么沉静。

“今天下午有空吗？带你去草原玩儿。”

徐东笑笑说：“算了，你把你那个做民族用品生意的朋友介绍给我，我早点谈成早点回去。”

时磊点头，她一向懂得如何让他感到挫败。

他突然不甘心：“就一下午，我朋友明天出差回来，我带你去见他，今天下午我带你去玩儿，去吧。”

徐东看他示弱的样子，有些心软。

天公不作美，下午下了雨。他们只能坐在车里面看灰蒙蒙的草原。

徐东打开一点车窗，摸出一根烟点燃，风吹进来，时磊又闻到了她和烟的味道。

“你想到过，我们会再遇见吗？”时磊问她。

大雨让人们变得感性，听着雨声风声，徐东说：“想过，经常想，但是我知道很难。一辈子不见的概率更大一些。我没想到我一来这里，就看到了你。”

时磊心脏一紧：“也许，这是上天的旨意，也许我们的缘分还没结束。徐东，我这辈子到现在也只爱过你一个人，我感觉除了你我也不会爱上别人了。你能给我一次机会吗？”

徐东眉头皱起，她觉得烦闷和纠结的时候就会下意识皱眉：“你知道吗？我来之前就想，如果这次我能碰到你，我就和你重新开始。可是当真的遇到了，我发现我没有勇气。你带我去过的那些地方，我自己后来都重新去了一遍，这里是最后一站，我这次除了来工作，也是想给自己的心做个了断。”

徐东转过头看他的时候，眼泪已掉了下来。当初那个面对可怕的父亲都没有掉眼泪的女孩儿，如今却泪眼朦胧地对他说：“我没有等你，你也真的没有去找我，我已经死心了。可是每当有风吹过，我就会想起我们在一起时的点点滴滴，想起你曾温暖我，救赎我。”

时磊为自己的胆怯而羞恼：“你说不让我找你，我怕我会再惹你伤心。我伤害过你，我以为你再也不会原谅我了。”

因为你是那样一个敢爱敢恨、决绝的女孩儿，你那么没安全感，当我放弃你时，你就不会再信任我了。

这些都是时磊无数次想过的事情，无数次因为这些而放弃去找她。

大雨磅礴，烟雾弥漫在车内，风穿过她的发去抚摸他的脸。她又一次凑近他，亲吻他的脸颊，如同二十岁那一年，图书馆中，她笑靥如花。

我一人走过了山山水水几万里，别问情深几许。风起时想你，风止时不息。然而，你终究成了我的回忆。

如果你勇敢，跟我来

据说每个好姑娘都曾爱过一个坏小伙儿。

林音也一样。

他是她此生最好的梦想。

一

第一次见到卓远时，他西装革履地坐在沙发上，喝着一杯白水，眼神幽深，充满了危险。

林音将二十万放在桌上，一个染着红头发的男人拿出验钞机，沙沙的验钞声成了屋内唯一的声响。

“远哥，验好了。”

卓远点点头：“放人吧。”

红毛应了一声出去了，林音也要跟着去，被卓远叫住：“你在这里等着。”

她点头，坐在他对面的沙发上。

卓远气质凛然，任谁看了都知道不好惹。其实他五官长得还算不错，鼻梁挺直，尤其是双眼皮，深刻得恰到好处，只这一份肃杀的气息让人毫无亲近的欲望。

林音的表弟毕业后无所事事，在家啃老。和父母吵架后玩离家出走，还偷拿了家里的银行卡，在外面跟人学赌博，欠了赌场的钱被抓了起来，他打电话给林音的时候，哭得要死要活的，求她带着钱去救他。

林音本想报警，可是表弟一再声明，如果报警就是断了活路，只要乖乖交钱一定会放他走。但是二十万不是小数目，她跟表弟家里人通了气儿，家里同意拿钱赎人，只是他们家离H市太远不能马上过来，于是拜托了林音。林音的闺蜜认识这个赌场的一个经理，打好了招呼便过来送钱。

卓远今天心情不佳，昨天赌场有人闹事，一直处理到了后半夜，睡眠不足。今天中午本想好好休息一下，二部的徐凯给他打电话，说是有个熟人来送钱，让他帮忙处理一下，若是老德那边接手的话，少不了要难为人。

不过，这女孩儿胆子倒是不小，一直表现得很镇定，还有心情打量他。

“你看什么？”他皱着眉，语气不善。

没等林音回答，红毛带着鼻青脸肿的表弟推门进来，表弟一见到她就要哭，林音眼睛一瞪：“憋回去！”转身对卓远说：“谢谢您了，卓先生。”

卓远没有说话，沉默地看着她。

谁也没想到，这次的见面就是命运的一个提醒。

他们的第二次见面情形更是糟糕。

林音被一个猥琐的相亲对象不远不近地开车跟踪了，她发现后便下车去教训他，两个人在街角争执起来，那人仗着位置隐蔽，想对林音不轨，愣要把她往车上拽。

“砰”的一声，猥琐男的车被人用棍子砸了车前盖，发出一声巨响。

“你他妈有病啊！”猥琐男怒吼。

红毛贼贼地笑，向后喊了一声：“凯哥，远哥，这不是上次被老德吓得尿裤子的那人吗？这会儿在这强抢民女呢，这女的也认得，昨天凯哥打电话说送钱来的那个！”

卓远刚从超市买烟出来，拿出一根叼在嘴上点燃，黑夜里，火光映亮他的眉眼，深刻而性感。

徐凯正跟女朋友讲电话没有理会，卓远也一直往前走没说话，红毛见他俩都不管，悻悻地丢了棍子。

林音此刻有些狼狈，衣冠不整，左脚高跟鞋的鞋跟断了，手臂被猥琐男抓伤，当然那男的也没讨到什么好，被她抓了一脸的血痕。

卓远经过她的时候停下了脚步，偏过头看她，似乎是回忆了一下，想起了她，毕竟昨天才刚见过面。

“卓先生，帮帮我。”林音眼中隐隐闪着惊惧，显得柔弱无助。

没等卓远说什么，徐凯挂了电话，冲过来对着猥琐男就是一顿踹，相亲男一顿惨叫后，又被红毛按在车上打了几拳。

卓远从头到尾没说一句话，林音大概从没见过这么暴力的画面，吓得一个劲儿地往卓远身边挪步。

卓远想，敢情这姑娘昨天的镇定全是装出来的。

林音突然抬头，正看到卓远扯着嘴角看着她笑，更觉得无措，又是退后两步，恰好身后过来一辆车，卓远伸手拉了她一把。

猥琐男被修理了一顿，开车逃跑了。徐凯拍拍裤子，抬起头看林音："你就是丽丽的朋友？"

林音点头："太谢谢你们了。"

徐凯摇摇头："没事儿，丽丽的朋友就是我的朋友。"

红毛吊儿郎当地把地上的包捡起来，递给林音："你的包。"

"谢谢。"

"嘿，你真幸运，我这个月就做了两件好事，还都是帮了你。"

林音一时语塞，难不成还要请你吃饭当答谢吗？

卓远对徐凯说："该走了。"

徐凯点头，红毛紧跟着上了不远处的一辆越野车。卓远坐进副驾驶室，目视前方，再未看过林音一眼。

那天晚上，林音洗澡的时候，看着自己胳膊上的抓痕，不知怎么，忽然就想到了卓远手指的温度，温热的，不似她想象的那般冰冷。她甚至还梦到了他修长的手指，还有那双沉默却会说话的眼睛。

醒来后林音有些羞赧，又不是荷尔蒙旺盛的青春期小姑娘，竟然做起了春梦，梦到的还是一个只见过两次的男人。

清晨，阳光透过窗帘的缝隙洒进来，就像爱情，无孔不入。

二

他们第三次的相遇终于不再那么难堪。

在一个衣香鬓影的聚会上，林音作为酒店前厅部的经理，带着一群美美得不可方物的员工迎来送往。外面正下大雨，卓远阔步走进来的时候带了一身的水汽，乌黑的短发上也沾了雨水，显得整个人异常清俊。

卓远把黑色的大衣搭在手腕上，林音过来接，这次他认出了她："多谢林小姐。"

林音摆出工作中应有的专业得体笑容："应该做的，欢迎您光临亚普力国际会展中心。"

卓远点点头走入了宴会大厅。

林音忍不住去看他的背影，身姿颀长，西装革履，却偏偏带着点不羁的味道，似乎这人总是沉默而危险的样子。

丽丽八卦地捅捅林音的胳膊："这人谁啊？看你魂儿都没了。"

林音瞪了她一眼："追你的那个徐凯知道吧，跟他差不多。"

丽丽撇撇嘴："那可不是什么好人。"

林音有些不舒服，没有回应。

下班的时候，林音的脚都肿了，每当有重要会议或者宴会在酒店举行，她就要穿着细高跟从下午站到凌晨。又赶上车子坏了送去修，她只好站在路边打车，等了很久都没打到。

一辆越野刚经过又倒回来，停在了她面前，是上次看到的那辆。

车窗缓缓落下："我送你。"

卓远说这话的时候，像在陈述一个事实，而不是询问。

林音下意识地觉得，如果上了他的车，有些事情就不只是匆匆过客那么简单，可是看到那双沉静的眼睛，她还是一头扎了进去。

她从来都是个理智的女人，然而有些事一旦做了，便如同脱缰的野马，像命运一般，谁都无法控制。

气氛沉默得有些尴尬，卓远打开了收音机，一个汽车音乐栏目，正放着一首让人心碎的歌。

爱在当下，何来后来
才能盲目开怀
在这个，轻易告别的时代
爱得像，像置身事外……

到了她家楼下，林音鬼使神差地问了一句："要上来吗？"

卓远有些诧异，用修长的手指关掉了音乐，然后转过头看着她。

林音身上还是工作时穿的套裙，黑色的衣裙包裹着她的身体，长发盘在脑后，露出精致小巧的脸颊，眼角微扬，饱满水润的双唇让人想要一亲芳泽。

许久，久到林音想要落荒而逃，在低头的瞬间听到他说：“好。”

直到进门前卓远仍是绅士和疏离的，可踏入家门后，他推上门做的第一件事就是散开了她盘着的长发，然后抬起她的下巴吻住了她。

林音又紧张又害怕，以至于整个人都有些抖。他停下来，垂眸看她：“现在还能停下。”

还不至于疯狂。

还不至于无法回头。

还不至于被命运握在手中玩弄。

还不至于……

然而，林音用穿着高跟鞋的一只脚勾住他的小腿，两个人无限贴近。林音觉得，这大概是自己做过最疯狂的事。

她在他耳边说：“Il s’agit seulement d’un rêve（这只是一个梦）。”

卓远微笑，原来他笑起来很好看，眼角细纹更深了一些，温暖而真实。

林音踮脚吻他却被他躲过，卓远慢条斯理地后退两步，脱下西装，解开袖扣，整个过程一直看着她。

如果这真的是一场梦，不如一起沉沦。

最痛的时候，林音将头埋在他的肩膀上，一声不吭，与他十指紧扣。他们一直没有开灯，也没有拉上窗帘，对面是一个还没有建成的小区，他们可以看到未完工的钢筋水泥，可以看到繁星当空。

林音反复摩挲他的手指，而他一直看着她的眼睛吻她。结束的时候，卓远问她："好女孩儿，梦醒了你会不会后悔？"

她说："永不。"

有的人对你来说，是独一无二的，遇到了，就绝逃不掉。哪有什么时间后悔呢？仅是爱上他这件事，便足够回忆一生。

只是，若是没有遇见，是否会在这人世虚度，仿佛孤魂野鬼？

她突然就想到了伍佰曾写过的："我是街上的游魂，你是闻到我的人。"

三

卓远这人并不闷骚，真的只是闷。

他就是一个内向沉默的人，所以在这段关系里林音信心不足，而他心房坚固。

唯一让他显露情绪的是一个冬天的早上，她烤了一个蛋糕：

“你自己的生日你不记得？”

卓远想不起来：“是吗？”

林音点点头：“我看过你的身份证，所以就记住了。”

她戴着大手套捧着蛋糕，一脸的期盼，眼睛又黑又亮。他隔着她的胳膊和蛋糕笑着吻了她。那天的雪下得很大，却在林音的心里开出了一朵羞涩的花。

卓远退后的时候发现领带沾上了蛋糕，林音笑着说：“正巧，你的礼物就是一条领带。”

他唇角一直有笑意：“不要紧，过来。”

卓远伸手接过蛋糕放在桌上，扔掉她的大手套，把她的手放在胸口，然后深深地吻她。

她摸到了他的心跳。

那天晚上，卓远陪她去看了电影，就像最普通的情侣那样。卓远的耐心很好，他会在她失眠的时候给她念正在翻看的书，又或者为她弹一首钢琴曲。他愿意陪林音做各种各样她喜欢的事，郊游、逛街、购物，等等等等。

电影结束的时候，卓远接了一通电话，脸色变得有些凝重。

“晚上我不回来了。”

“有什么事吗？”

“没有，别担心。”

林音在玄关那儿留了一盏灯，因为妈妈说过，有灯亮着等你的地方，就是家。她想和卓远有一个家，虽然她知道或许这只是一种奢望。但她不会放弃，有谁会轻易放弃自己的梦想?

卓远一夜未归，第二天也杳无音信。

到了第三天，林音开始有些心神不宁，丽丽忙完来找她聊天，谈论的正是她此刻挂念的人。

“你知道卓远吗? 就是那次来咱们酒店参加宴会，高个子，长得有点帅，眼角有疤的那个。”

“怎么了？”林音装作不经意地问。

丽丽叹气：“听徐凯说，他们老大的女儿喜欢卓远，知道他有女朋友了，就要死要活的，还吞了安眠药，被救回来之后，说要和卓远结婚。卓远不答应，被他们老大打折了两根肋骨，还逼着他吸那种东西。”

林音一时间心中大乱，不知道怎么办才好，手机一滑掉在地上，摔碎了屏幕，解锁键也不好用了。就在这时候，卓远打来了电话。

好不容易接通了电话，就听到他用轻松的语气说：“在做什么? ”

林音努力稳住情绪回答他：“上班。”

“这几天我出差，回来时给你买礼物。”

卓远说话向来都很坚定，一副说什么就是什么的大男子主义做派。林音虽然也有些大女子主义，却能在面对卓远的时候，拿出最温柔包容的姿态去接纳他、爱他。

“好。”

这一晚，两人都一夜未眠，林音是因为太过担心，而卓远也没那么好受。

卓远被那种冷热交替而又异常麻痒的感觉弄得有些烦心，老德亲自看着他。

“兄弟，抽一口吧，抽一口就不难受了。”

卓远冷笑：“我不好这东西。老大应该明白我的脾气，不要弄到最后，大家都不好收场。”

老德站起身：“卓远，你可别敬酒不吃吃罚酒！”

卓远躺在床上，明明是被俯视，面上却是冷静从容。他从枕头下面掏出一把枪，对准了老德：“你也别跟我玩儿这套。”

老德摸摸嘴唇，笑得狠厉：“你牛×，我就看你能牛×到哪天！”

卓远无所谓地说：“论牛×我比不上你，可论不要命，你还差了点儿！”

林音再见到卓远已经是两个月后，他瘦了一些，但是看起来很有精神，拎了一个大大的袋子。

林音跑过去抱住他：“你什么时候回来的？怎么不告诉我一声？”

卓远眼中含笑：“你们女人不是都喜欢惊喜吗？”

林音撇嘴：“这就叫惊喜了？”

卓远从袋子里拿出一朵玫瑰："那这个呢？"

林音美滋滋地接过来，在他脸上亲了一下："谢谢，我很喜欢。"

她觉得自己大概是在做梦，她从来没有想过，有一天，卓远会拿着一朵花，安静地站在某个地方等她。

那天晚上卓远主厨，高高大大的他穿着她的小熊围裙，显得有些不伦不类。窄小的厨房里面，长手颠勺，嗯，原来他是个很会做饭的男人！林音捧场地吃了很多。

亲密的时候她摸到了他身上斑驳的伤痕，却没有问。他不想让她知道，她就不会让他为难。只是心中难过，眼里不自觉地含了泪。

卓远看到她的眼泪有些惊慌："是我弄痛你了吗？"

林音摇头，含泪吻他："卓远，我爱你。"

他沉默而疯狂地看着她，许久，他吻她的额头："我知道。"

她的爱是那样直白，第一次见面时，她就是用这双眼睛看着他，似乎要用这眼神与他的命运交缠，永不分离。

他被这爱束缚，也在这爱里摆脱孤独。

四

林音与程芳菲的这一场见面并没有电视剧演得那么惊心动魄，更没有小说里被绑架之类的烂俗桥段。程芳菲很聪明，知道怎样才能让林音退出又不会成为她和卓远之间的隔阂。

她们约在咖啡厅见面，两个女人都穿着得体，妆容精致，仿佛谁的外表更华美，内心便能更加强硬。

“林小姐，我是程芳菲，你应该知道我是谁。”

林音微笑点头：“我知道。”

程芳菲双手抱着自己的胳膊，显露出了一种无力和无畏：“我知道你们都看不起我，可是我爱他，比任何人都爱。”

林音喝了一口咖啡，理智地对她说：“感情这种东西没法比较，更没法勉强。”

程芳菲听了，突然有些诡异的兴奋：“没法儿勉强？你确定？那么今天你又是为了什么来赴约呢？”

林音不语。

程芳菲又说：“或许就算我一哭二闹三上吊也没法勉强卓远，但是你不同。我动摇不了他，却能够动摇你。我会给你一百万，只要你离开卓远。”

林音觉得有些可笑：“我给你两百万，只要你不再纠缠卓远。不要以为我拿不出这些钱。卖房子卖车或者借，我都无所谓，没有什么比卓远更重要！更何况，人的感情也不是用钱能够衡量的。”

程芳菲倚在靠背上，挑眉说：“如果我让我爸把卓远毁了，你还会爱他吗？你会爱一个被毁掉的人吗？”

林音皱起眉："我会，只要他能在我身边就好。"

程芳菲把玩着自己的指甲："可是你怕，因为你爱他，所以你怕他的人生会因为你被毁掉。"

她这番话说得阴森恐怖，整个人散发着一股阴郁的戾气。

林音看着她的眼睛，知道程芳菲必定说得出做得到，心中仿佛有一块大石头压得她喘不过气。

许久，她闭上眼，听到自己说："你赢了，赢在我深爱他。"

爱一个人需要勇敢，而割舍掉一个人更需要勇气。与那样自私的爱不同，我愿他安然于人世间，恣意从容，不必失去尊严，不必失去健康，不必失去骄傲。一切，我都心甘情愿，哪怕我再不能拥有这样的他。

林音生日的时候请了年假和卓远去旅行。回来的途中，林音对卓远说："一会儿下了飞机，我们就不要再见面了。"

卓远沉默着去握她的手，两个人都有些颤抖。

他不愿问为什么，林音知道他有多骄傲。

卓远一早就明白不应该靠近她，让她牵扯其中。他本就疲于奔命，却还要顾虑她的安危，如今，孑然一身自然是最好的状态，心中没有牵绊，也就不必害怕失去。

可是他不甘心，一切就快要成功了，只要再等一等，可她已经不想再等他了。

下了飞机，林音拎着自己的行李箱快步离开，她知道卓远在身后看着她，所以拼命忍住不哭。

这天，有个闹事的被卓远打断了好几根骨头，幸好红毛拦着，不然非得闹出人命。

程老大对卓远说：“知道你身手好，但是也得有分寸，小打小闹的人不必跟他们计较。我们赚得多，自然招嫉恨，只要不是太过分，就睁一只眼闭一只眼算了。”

卓远把西装丢在沙发上，去给程老大点烟：“货什么时候到？”

程老大含糊其辞：“越南那边价钱有点高，还在谈，谈成了就告诉你。做生意嘛，货比三家才不会吃亏，何况我手下还有这么多兄弟要养。”

卓远没有追问，他清楚地知道怎样才能赢得程老大的信任，毕竟，一个听话、不多嘴、能力又强的手下，任谁都喜欢。

五

最近，客房部的经理请年假，林音身兼两职，工作很忙，但她觉得这样很好，忙碌的时候人就不容易多想。

她已经好几个晚上没有梦到他。

回家的时候已是后半夜，开灯后她猛然看到了坐在沙发上的卓远，吓了一跳：“怎么不开灯？你是来拿你的东西吗？我已经帮你收拾好了，就在阳台……我去拿给你。”

卓远站起身，比她高很多，带着一种强势的压迫感：“林音。”

“嗯？”

“为什么？”

林音没有想到，这人会连自尊都放下不要，只求来问她个缘由。

林音低头：“我们不是一路人。”

“这事你从一开始就知道。”

“我以为我能够承受，可是我高估了自己，我只想过平平淡淡的日子。”

“我……”卓远想要说什么又咽回肚里，只能皱着眉看她。

林音不敢抬头，她怕自己的眼神会出卖自己的心。

卓远一步步走近，抬手摸着她的头发：“我知道了，你别一副要哭的样子。”

林音忍不住掉下眼泪，被他用修长的手指抹掉。

“我还是你的梦吗？”卓远轻声问。

林音抬起头：“梦总会醒的。”

他点头：“如果梦醒了，现实也会好呢？”

林音有些受不住，踮起脚抱住了他的脖子：“卓远。”

卓远拍拍她的背：“我……不会让你为难。再见了，林音。”

卓远走后，林音终于忍不住蹲下身放声大哭。她祈求所有的神明，保佑她的爱人平安一生。

走到楼下时卓远回望了一眼，林音的家里总是亮着灯，只是从此以后，不再是为他。

林音连续上了一周的夜班，累到生病了才在家里休养了几天。

回去上班那天客房部的经理还没上班，她去帮着处理一个客户投诉。房间里，酒店的客房人员正在被一个中年女人训斥，电视机里还播着当地的新闻：

“近日，警方破获一起重大毒品案件，抓获犯罪嫌疑人十余名，缴获冰毒×××克，摇头丸×××粒，××型号枪支××支。抓捕过程中，贩毒人员与警方发生激烈冲突，缉毒大队某支队卧底警察徐朗在这次行动中牺牲。”

林音看着电视上卓远那张严肃的证件照，眼泪不受控制地滑落。她揪着自己的心口，痛苦得发不出声。

“你看什么？”

“好女孩儿，梦醒了你会不会后悔？”

“你们女人不是都喜欢惊喜吗？”

“我还是你的梦吗？”

“如果梦醒了，现实也会好呢？”

“再见了，林音。”

谁知道，再见，却再也不能见。

六

林音参加了徐朗的追悼会。

那天雨下得很大。林音最后看了徐朗一眼，将一枝与这白花肃穆的灵堂并不相符的红色玫瑰放在了徐朗胸前。怪不得他不记得自己的生日，“卓远”本就不是他。

她想哭，却不敢让眼泪掉在他的身上，害怕那会成为他下一世的印记。

下辈子，他们还会相遇吗？

林音去见了红毛，他说：“远哥是对我最好的人，我不恨他。他死前告诉我，让你去找一个叫徐亮的警察，他有东西给你。”

林音找到徐亮，他红着眼睛说：“嫂子，我哥留了一封信给你。”

打开只有三个字：我爱你。

我知道。

我也是，这样爱你。

那一天，H市治安局的很多人都看到一个穿着黑衣服、长头发的女孩，抱着一张纸泣不成声。

她不曾对他说，即便你是个坏小伙儿，我也从未后悔爱上你。

何况，你这样好。

何况，你是我此生最好的梦想。

向左走，向右走

爱是痛苦，

也是救赎。

一

张圆圆骑行旅游的第三十天，遇到了一个英俊的男孩儿，他有一点浅浅的酒窝，笑起来有些腼腆。

满洲里卢布里西餐厅，也许是中国最正宗的俄式西餐厅，旅店老板的推荐果然很棒，他还说要坐在28号餐桌，那里可以看到满洲里全部的夜景。这座城市，拥有独特的欧式建筑和绚丽的灯光，真是迷人的夜景。

餐厅的服务生都是俄罗斯人，此刻就是一个高大、眼眸湛蓝的俄罗斯帅小伙为张圆圆服务，她觉得俄罗斯的年轻人表情总是严肃忧郁，如同那些时尚封面上的超模。不过，角落里坐着的一个中国男孩儿比这个服务生更吸引张圆圆。

他坐的位置光线非常暗，还关掉了头顶的那盏小吊灯，但是张圆圆和他坐得很近，仍然可以观察到他的一切细节。他穿一件蓝色条纹衬衫，袖子挽到了手肘，正在吃面前的一块奶包，于是张圆圆又注意到了他拿着刀叉的手，白皙修长，骨节上有伤痕结痂。

他似乎注意到了张圆圆的目光，抬起头看了她一眼，有些戒备，张圆圆对他笑一笑，毫不掩饰自己的好感。

男孩儿也笑一笑，两颊酒窝浅浅，露出一点牙齿，迷人得很。

出来旅行之前，好友何晓还给她算了塔罗牌，说她旅行途中会有艳遇，难道这就是她的艳遇？

张圆圆庆幸出门前换了一件很淑女的白色连衣裙，而且洗了头。

男孩儿似乎很饿，他吃得优雅但是快速，很快解决了面前的一堆食物，然后拎着一个黑色的包离开了。张圆圆决定跟过去。

她提着裙摆追出去，只看到他的背影消失在街角。于是努力跑过去，七拐八拐，到了一处人迹罕至的地方，心里正害怕，听到后面有人说：“你找我？”

张圆圆吓了一跳，捂着胸口，回过头说：“人吓人会吓死人的。”

男孩儿还是笑：“你跟着我做什么？”

张圆圆语塞，心里找了半天的理由也没找到一个听起来矜持一点的。

“你认识我？”

男孩很高，大概有一米八五，他俯视着张圆圆，很有压迫感，张圆圆甚至听到了自己的心跳。

“不，不认识。”

“那你是想要我的电话号码？”

他歪着头坏笑。

张圆圆没想到他这么直白，红着脸点头。

男孩终于退开一些，倚着墙壁，温和地问她：“你是本地人吗？”

她摇头：“我是骑行旅游来到这里的。”

男孩儿挑眉，有些惊讶的模样：“这么巧？”

张圆圆惊喜地问：“你也是吗？”

男孩点头：“算是吧。我是离家出走。”

张圆圆特别好奇：“为啥？”

“关你什么事。”

“那你家在什么地方？”

“……”

张圆圆挠挠头：“好吧，是我多事了。”

男孩儿突然对她说：“我叫梁枫。你呢？”

张圆圆特别自来熟地说道：“梁枫你好，我叫张圆圆。很高兴认识你。”

梁枫问她：“你住在哪儿？”

“一个小旅馆。”

“我可以和你住在一起吗？”

张圆圆突然脸红到了脖子：“为……为……为什么？”

“因为我离家出走，刚才吃饭把钱都花光了，现在我必须找个地方住，如果你不收留我，我就只能住在公园椅子上了。”

梁枫站在繁星暗蓝天幕下，眼神狡黠，整个人看起来又神秘又单纯，复杂得一塌糊涂，那两个酒窝太迷惑人，一时间张圆圆感觉自己被他的荷尔蒙冲昏了头脑。

“你是坏人吗？”

梁枫笑了，低低的语调：“是啊。”

“……”

他又问：“那你要不要收留我呢？”

张圆圆一脸纠结地站在那儿，心中天人交战。她不是一个轻浮的女孩儿，但她知道自己对他一见钟情，可是她又觉得这样不对，然而她又不想只是和他遇见。

鬼使神差，她听到自己说：“好啊。”

梁枫笑了，伸出手：“那就麻烦你了。”

张圆圆战战兢兢地握上去，觉得自己真是疯了：“没关系。”

“你在这儿等我一下，我要去前面取一下我的自行车。”

张圆圆看到他推着一辆有些狼狈的自行车很惊讶：“你这是骑了多远啊？”

梁枫看了她一眼：“两个省。”

“怪不得这车看起来都要报废了。”张圆圆说。

“上来吧，我载你。不过你的腿要抬高点，不然会弄脏你的裙子。”

他跨上自行车，长腿稳稳地支在地上，张圆圆有些害羞地跳上车。

看着他瘦高的背影，微风吹过她的裙角，此刻灯火辉煌，而她心跳如雷。

二

旅店老板看张圆圆带回来一个帅气高大的男孩儿，暧昧地笑了一下对她说：“我这儿有俄罗斯的小伙子。”

张圆圆摆摆手，着急地想要解释，梁枫突然把手搭在她的肩膀上：“我们不是那种关系。”

老板赶忙说：“抱歉抱歉，原来是男女朋友啊。”

梁枫微笑：“没关系。”

张圆圆觉得自己是飘回房间的，因为一直到房间门口梁枫才拿开了放在她肩膀上的手。

张圆圆团购的是这家家庭宾馆的标间，有两张床，有室内卫生间，梁枫放下自己的包就问她：“我好几天没洗澡了，可以先用一下吗？很快。”

“好的。”

张圆圆条件反射般地回答，此刻她正沉浸在一种后悔又兴奋的情绪中无法自拔，她不知道自己为什么会带一个陌生人回来，她甚至除了名字以外对他一无所知。她想，这大概是她二十几年中做过最疯狂的事。

梁枫果然很快就洗完出来，他换了干净的浅蓝色睡衣，头发软软地贴在前额上，看起来很乖，他笑着说：“我用完了。”

张圆圆抱着睡衣小心地绕过他：“你无聊的话，就打开电视看吧。”

然后直接躲到卫生间给何晓打电话求助去了：“晓晓，晓晓，我需要你的帮助！”

何晓正在和自家老公过结婚纪念日，没空儿理她：“我忙着呢，你明天再打给我！”

张圆圆着急得在卫生间直跺脚：“十万火急啊十万火急！”

何晓邪恶地笑了声：“我们也急，你肯定没有我们急！行了挂了。”

张圆圆握着手机坐在马桶盖上，欲哭无泪。这个澡她洗了很久，因为她大部分时间都在纠结和发呆。

出来的时候张圆圆看到梁枫在看法制频道，节目正在讲一个小学校园猥亵案件，看到她出来，梁枫换了个频道，是她喜欢的湖南卫视。

“你怎么知道我喜欢看这个频道？”

“我刚打开电视的时候，就是在这个频道。”

“你心很细啊。”

“还好。”

张圆圆找了吹风机吹头发，梁枫时不时会瞥她一眼。

“你看我干什么？”

“我也想吹一下。”

“那你先吹。”张圆圆把吹风机递过去。

“你帮我吹。”

坐在床沿的梁枫笑着说。

这是在调情吗？张圆圆站在原地凌乱了。

梁枫又说：“女生吹头发的样子很可爱。”

张圆圆问他：“你见过几个女孩儿吹头发？”

梁枫真假莫辨地说：“你是第二个。”

她走过去给他吹头发：“第一个是你女朋友吗？”

热热的风吹在他的头皮上，他抬起眼的时候表情像一只乖巧的猫：“第一个是我妹妹，她是个特别臭美的小姑娘。”

张圆圆看着他那双双眼皮非常明显的琥珀色的眼睛，心里咯噔一下。

果然她的手指被他握住，梁枫关掉了她手中的吹风机。

张圆圆咽口水的时候听到他笑着说：“第二个才是我的女朋友，是我一见钟情的女孩儿。”

三

第二天一早，张圆圆接到了何晓的电话：“你说的特别急的事情是什么啊？”

那时候她正和梁枫并肩站在洗手池边刷牙，她赶紧洗漱完出去接电话。

“我恋爱了。”

“艳遇了？帅不帅？”

“我……419 了。”

“天呐！你不要和我开这种玩笑啊圆圆，你哪有这种胆子？”

“色胆包天听说过吗？”

张圆圆随手打开电视，换到了昨晚梁枫看的那个频道，正在播早间新闻。女主播今天穿了一件很漂亮的枣红色西装，播报新闻的时候下巴划着专业的倒三角，又是在说那个某小学的教务处主任猥亵儿童案件。

梁枫洗漱出来后站在她面前问：“今天想去哪儿玩？”

张圆圆呆呆地回应：“你要带我去玩儿吗？”

他笑眯眯的：“应该说是你带我去玩儿，因为我没有钱。”

张圆圆很开心地说：“我们去套娃广场吧，我想给我的朋友们买点伴手礼。”

梁枫揉揉她的头发：“好。”

两个人吃了早饭骑车去套娃广场，梁枫的破自行车竟然比她的专业自行车上坡快。张圆圆紧追不舍，他则十分悠然地在前面领路。

“你来过这里？”

“嗯。”

两人边骑边聊，用了半个小时到达了套娃广场，广场上有大大小小两百多个套娃建筑，中间三个巨大的套娃分别穿着中国、蒙古国和俄罗斯服饰。

梁枫跟她解释：“因为满洲里西邻蒙古国，北接俄罗斯，所以这个广场的主体套娃用了这三种服饰，里面是一个主题餐厅。这里很多套娃其实里面都是商场，好几层高，卖香水、俄罗斯巧克力，还有烟。你想买什么？我知道一家又便宜又好的店。”

张圆圆点头，然后被他牵住了手向前走，她问：“你来到这里几天了？你来做什么的？”

梁枫笑着说：“我准备偷渡到俄罗斯，娶一个长腿俄罗斯姑娘。”

张圆圆皱着眉瞪着眼，梁枫继续邪恶地笑：“真的。”

张圆圆问："我腿很短吗？"

梁枫认真地看她，其实她长得很漂亮，是那种比较温柔无害的相貌。她的眼睛长得圆圆的，笑起来时很有灵气，长发到腰下几乎要盖住臀部，烫得弯弯的，个子也不矮，最好看的是她的嘴唇，总是笑着的样子，让人有亲吻的欲望。

梁枫带她进了一个套娃商场里面，在她耳边说："腿不短，胸小。"

张圆圆对着他的背影呲牙咧嘴，等他回过头的时候装作什么事都没有的样子。

梁枫带她去的店并不是中国人开的，经营者是一个漂亮的俄罗斯女孩儿，张圆圆挑了几瓶香水还有化妆镜，给爸爸买了一条俄罗斯的香烟。

正在看琥珀的时候，她无意看到了一个样子很特别的套娃，彩绘着蓝色的西装，憨态可掬，竟然是个男孩儿模样，她问梁枫："你看这个像不像你？"

梁枫瞟了她一眼："哪里像？"

张圆圆打开那个套娃说："你看，打开一层还有一个，再打开一层还有一个。你就是这样，我不知道你有多少面，我也不知道你是一个什么样的人。"

梁枫当着俄罗斯女孩儿的面吻了她的唇说："坏人。"

然后问："挑好了吗？"

张圆圆点头。

于是梁枫和俄罗斯姑娘用俄语开始讨价还价，最后以超低的价位买了一大堆东西。张圆圆非常惊讶，回去的路上问他：“你为什么会俄语？”

他笑言：“其实我外公是一个俄罗斯人，只是我和我妈妈没有遗传他的相貌。”

张圆圆摇头：“其实还是有一点像的，你的眼睛仔细看并不是黑色的。很漂亮，像琥珀。”

四

下午的时候两个人都有些累，于是留在宾馆睡午觉。张圆圆醒来时就看到梁枫站在窗边抽烟，窗半关着，他高大的身影在那里看起来很孤独。

梁枫听到声响便看过来，眼神也那么孤独，比她孤独得多。或许她对他的一见钟情，很大程度上是喜欢他的寂寞，那天他在餐厅的角落里，她看到他心里就很柔软，她有一颗很敏感的心。

她活到二十多岁，衣食无忧，开朗活泼，顺顺利利。人，总是会喜欢上与自己不同的人。

张圆圆慢慢起床，眯朦着眼睛走过去，她看着他的眼睛问：

“你在难过吗？”

他摇头，长卷的睫毛轻颤。

张圆圆打开了给父亲买的烟，拿出一盒打开，用牙叼出一根，然后踮脚用自己的烟去碰他的烟，她用嘴唇抿着烟，轻轻吸气，梁枫的烟点燃了她的，她说：“我陪你。”

那一刻的她很性感，像个体贴的小姑娘。烟雾中，梁枫捧起张圆圆的脸亲吻，许久问她：“怎么会抽烟？”

她抬起头笑着说：“谁年轻的时候没干点偷偷摸摸的坏事儿啊！”

梁枫笑一笑，唇再次贴上她的：“这就叫坏事了？”

张圆圆主动吻他：“那什么叫作坏事？”

梁枫把她抱起来：“杀人放火。”

张圆圆假模假样地哀嚎：“饶命啊！”

梁枫笑着说：“杀猪了！”

然后把她放在床上，夺了她的烟，和自己的烟一起按灭在床头柜上。

他们密密地接吻，紧紧地拥抱。张圆圆看不到他的表情，此刻那么混乱，她头脑却极其清醒：“梁枫，你在怕什么？”

梁枫停下了动作，起身看她，那双琥珀一样的眼睛中满是彷徨无措。

张圆圆去摸他的脸颊，他的身体在颤抖，嘴唇在颤抖，灵魂也在颤抖。

张圆圆去吻他的额头："梁枫，我不知道你到底是谁，我也知道你并不想和我长期发展。但是我想对你说，我对你一见钟情，从第一眼看到你我就爱上你，你就是我想象中爱人的模样，眼睛鼻子耳朵，所有的所有。"

梁枫别过头："那只是你的美好想象。我说了，我不是好人。"

张圆圆笑着说："我爱的不是好人，不是坏人，是你，只是你。"

梁枫有些烦躁地下床，光着脚站在地上走，来来回回，许久停下来对她吼："你别傻了，我们就是一夜情而已！"

张圆圆下了床站在他面前："我知道。我不怕。你觉得我会怕吗？会怕你突然离开？怕你不是好人？还是怕你拿我的钱？或者你把我卖了？你不会的。你的眼睛告诉我，你喜欢我。"

梁枫愣在原地，听到她说："如果你是个好人，那你必定不会伤害我。我感觉得到，你是喜欢我的，伤害我的同时你也会难过。如果你是自私的混蛋，就绝不会让自己难过，所以你也不会让我不好过。"

梁枫被她绕晕了："你大学念什么的？"

"幼师，专教小孩儿唱歌跳舞的。你呢？"

"法律。"

被一个幼师教训了一通的梁枫有些无语，许久才又开口说：

“对不起。”

张圆圆笑了，去牵他的手：“没关系。我原谅你了,你也原谅你自己好吗？别再难过了。你都没怎么睡觉，也没怎么吃饭，休息一会儿吧，好吗？”

他说好，然后对她微笑，卸下一身戒备与彷徨，逆着光，和她梦里的人好像。

五

晚上梁枫带她去有名的马克斯酒吧，两人坐在了看表演最好的位置，他们点了些招牌的俄式香肠、香煎鳕鱼、乌克兰红菜汤、皇后沙拉。

一群大长腿俄罗斯姑娘在舞台上跳钢管舞，其中一个还对着梁枫抛了个飞吻，被张圆圆凌空抓住扔在一边，引得梁枫哈哈大笑。

食物很好吃，只是有些贵，这一桌要1500元左右。张圆圆旅行一个月，身上的钱已不多，估计很快就必须打道回府了。正想着这些，却发现他从随身背的那个黑包中拿出了一叠钱，数了十几张递给了俄罗斯服务生，甚至还给了小费。

张圆圆觉得自己被骗了，他哪里是没钱要她收留？梁枫笑着看她，凑过去吻她的嘴角：“别生气了。我出去一下，你乖乖在这里等我。”

张圆圆看着他绕过几张桌子和等在门口的一个俄罗斯男人离开了。

其实，她从不敢确定他是否会突然离开，如果梁枫真的这样做，她又能有什么办法？从相遇到现在，她不知道他的过去，也没有他的任何联系方式。如果他离开了，她不知道能去哪里找他。

手机APP发送了一条新闻通知，她把视线从俄罗斯魔术师的脸上挪回来，点了进去。

“××报讯，已经消失三个月的××市5·10杀童案疑凶梁××仍然在逃，警方发布全国通缉令，悬赏奖金10万元，希望广大市民提供线索，抓捕疑犯归案。”

张圆圆看着那张照片，手颤抖起来。

“等着急了吗？”

张圆圆手一抖把手机掉在了地上，梁枫比她快一些捡了起来，看到屏幕上是他学生证上的照片。

此刻，一些被忽略的细节汇聚成一个事实，无比清晰。张圆圆一路走来，看到警方在飞机、火车、轮船、汽车等众多站点设置了检查点进行排查，始终没有抓到他。

因为他是学法律的，反侦查能力比一般人要强得多。他多么聪明，骑着自行车逃亡；多么疯狂，谁会想到一个逃犯会用这样的方式逃过一次次追捕。

所以他失眠，抽烟，暴饮暴食，出门的时候总是戴着墨镜，吃饭也总是选光线暗淡的西餐厅，总是那么忧郁无助，连笑着的样子都那么苦闷。

这一刻，两个人谁都没看谁，梁枫牵着张圆圆的手出了酒吧，依旧骑着自行车载着她，他把她带到了他们最初交谈时的那个小公园。梁枫把车停好，拉着她的手坐在公园的椅子上。

“你知道了。”

“是。”

这一切都超出了张圆圆的承受范围，她想要呐喊，却什么都说不出来，头像要炸开一样。

梁枫问她：“你想听我解释吗？”

她用力点头，她想听，她要听，她不敢相信，也不能相信他是那样的人。

“我的父母离异后，母亲回了俄罗斯生活，我父亲在我大二的时候去世了。我有一个同父异母的妹妹，刚刚十岁，我一直带着她生活。是我粗心，我没有照顾好她，她被学校的教务处主任猥亵了将近半年。这半年里，她变得越来越不爱笑，总是做噩梦，我明明能够感觉到却没有在意，等到我真正注意到这个问题的时候她已经有些精神失常，偶尔清醒的时候对我说了那个教务处主任做的事。

“我去公安局报案，可是他们不相信我妹妹说的话，说她既是未成年人，又精神失常，所以她说的话可信度很低。经过他们的交叉取证，学校，教务处主任的家人、朋友都说那个混蛋是一名优秀的教育管理者，明年还有可能升职副校长。

“他们都不相信我说的话，甚至有个警察对我说，让我也去查一查精神状况，是不是我们家有精神病史。我妹妹才十岁，她那么聪明漂亮，却被那个混蛋毁了。

“有一天我喝醉了，就决定要自己去实现正义，哪怕我坐几年牢都不要紧。我绑架了那个教务处主任的女儿，她比我妹妹还要小，只有六岁。我只是想威胁他让他去自首，然后我也去自首，我并没有想伤害那个女孩儿。

“可是她太害怕了，不吃饭也不喝水。第二天我去外面买水果回来的时候，发现她已经躺在床上没有了呼吸。我很害怕，非常害怕，我打电话给 120 和 110 ，把我租的房子的位置告诉了他们。我还打电话给那个主任，可是他没有接电话，后来我才知道他去自首了。”

说到这里，梁枫流下了泪水，他哽咽着继续说：“我知道我杀了人，即便是过失杀人，也和绑架的性质完全不同。我对很多司法人员失望透顶，不知道应该怎么办，等我回过神的时候，自己已经骑着自行车到了市外的郊区。于是我把钱都取出来，然后买了一次性电话卡给母亲打电话，她说会有蛇头在满洲里接应我偷渡到俄罗斯。

“所以，我一路从家骑行一千多公里到了这里。我小时候在这里长大，对这里很熟悉，但是我不能和我的亲戚联系。在遇到你之前我都在这个小公园里睡觉，我失眠了好几个月，遇到你那天我的精神几乎就要崩溃了。你收留了我，也救了我。”

梁枫停下来不再说话，而是看着张圆圆，狠狠地，像要看进骨血中。

张圆圆颤抖着嗓音轻声问：“你很害怕吧？”

梁枫的眼泪唰地掉下来，毕竟他也只有二十几岁。妹妹的事让他陷入了疯狂的愧疚和仇恨中，在酒精的驱使下做了傻事，而那个小女孩的死几乎让他崩溃，让他失去理智。他只想着逃，想要逃离那些让他愧疚的人和事。

张圆圆抱住梁枫，在他耳边说：“可是无论逃到哪儿，你都无法摆脱那个犯了错的自己。”

梁枫比谁都明白，他知晓法律，更懂得责任，他失去过重要的人，最明白那种痛苦，他真的不是故意的，他也没有想到事情会发展到这种地步。

他没有说，可是张圆圆都懂，她哭着说：“梁枫，就算躲到天涯海角，你也躲不掉犯下的错，你会一直都是个胆小鬼，就是死了，也不会瞑目的。”

梁枫把她抱紧，紧到她快要窒息。

“今晚我把钱都给蛇头了，明天我就要走了。”

张圆圆轻轻推开他，看着他那双琥珀一样的眼睛里满是痛苦与无奈。她无法描述此刻内心的酸楚与疼痛，他本该拥有无比美好的人生。

梁枫抚摸着她的长发，含泪微笑：“我没有想到会在这种情况下遇到你，可是我控制不了自己。我对你，一见钟情，就像你对我那样。”

张圆圆去吻他：“我知道，我都知道。”

他躲避着她的吻：“你会报警吗？”

张圆圆摇头：“你的人生，应该你自己走。无论你怎么选择，我都无从干涉。但是梁枫，我希望你不要逃避，你太聪明太自负，可你的心却太过柔软，我怕你即便躲去了俄罗斯也会把自己逼疯。我知道你不是坏人，从来都不是。”

梁枫抬头看着天空：“或许吧。”

人要比那天空上的星星还要渺小得多，没准儿什么时候就会消失在这个世上。

张圆圆握着他的手，描绘着手心的掌纹：“我在幼儿园做实习老师的时候，一个孩子偷了我的钱包，最后自己跑来对我说，他只是想给他的妈妈买一个母亲节礼物，可是他没有钱。他知道偷钱是不对的，他很难过，所以选择主动向我坦白，哪怕我可能会打他，甚至告诉他的父母。因为他宁愿面对所有的惩罚，也不愿意逃避犯了错的自己。”

那天晚上，他睡了几个月以来的第一个好觉，而她一夜未眠。她听到他在梦里哭着说：“对不起，我错了。”

张圆圆流着泪抱紧了他。

六

第二天一早，两人各自收拾好行囊，推着自行车往前走。男孩儿很高，头发蓬松，眼睛的颜色很特别。女孩儿穿着一身运动服，长发散着，笑着流泪。上坡的路很长，他们走得很慢，视线交汇的瞬间，仿佛要一生痴缠。

在某一个分岔的路口，梁枫停下了脚步：“你走吧。”

张圆圆点头：“好。”

于是戴上安全帽，踏上脚蹬用力一踩，她不敢回头，只把嘴唇都咬出了血。

身后的男孩儿在朝阳中笑出声，深吸一口气，这般舒心轻松。

这时女孩儿突然急刹车，回过头，对着身后的人大喊：“梁枫，原谅自己吧！”

她嘴唇殷红如血，长发盈空，眼神坚毅。她不该回头的，回头了就谁都跑不掉了。

他挥挥手："圆圆，你会找到一个比我更好的人。"

张圆圆恶狠狠地骂了一句："去他妈更好的人！我就喜欢你！"

男孩儿蹲在地上痛哭，他身无长物，他罪孽满身，怎么有资格赢得一个人独一无二的喜欢？

女孩儿转过身骑着车消失在远处，而男孩儿推着自行车向着相反的方向离去，每一步都是沉重踏实的，每一步都是他自己的选择。

再见，我的一见钟情。

再见，我的女孩儿。

七

何晓发现张圆圆骑行回来瘦了一大圈儿，但是整个人比原来更有精神的样子。

"脱胎换骨啊！"

张圆圆笑着说："那是！你要相信，爱情能改变一个人。"

何晓抱着肩膀："你好肉麻！说说，那个男孩儿和你还有联系吗？"

张圆圆沉默许久说："我们分开了。"

"以后会再见吗？"

"也许会，也许不会。"

“你不会傻等着他回来找你吧？”

“不会。”

“为什么？”

“他不要我等。我知道，他希望我离开。”

“一别两宽，各生欢喜？”

“是啊。这样他才能放心我，我也能放心他。”

“你真的爱上他了？”

“何晓，你觉得什么是爱情？”

“不知道。”

“我觉得，爱就是永远不说对不起。至少，我不希望他对我说，因为我都会原谅。”

“××法制报讯，××市5·10杀童案疑凶梁××在满洲里市公安局自首归案，并对案情始末供认不讳。”

我从未失去你

爱意宽大是无限，

请准我说声真的爱你。

——《真的爱你》

一

“白总，我的策划案刚才给你发在RTX了。”

“看到了，有个数据有问题，我已经给你标注好发回去了，下班之前改好发给我，再把市场占有率的分析做得细致一点。顺便让韩丹给我倒一杯咖啡进来。”

“好的。”

白子涵揉揉有些痛的太阳穴，最近工作压力太大，很久没有休息好了。

窗外的摩天大楼高高耸立，车水马龙，城市繁华，她想，大概没人能想到曾经那个懦弱的女孩儿如今竟然成为一个女强人。她静静地歇了一会儿，打起精神开始看产品的调研报告。

下班的时候，韩秘书进来提醒她：“您今晚要和王行长吃饭谈公司贷款的事，已经给您定好了海韵阁的包间。”

白子涵点点头表示知道了。她的办公室衣橱里挂了几件能够出席正式场合的衣服，她挑了一件酒红色短礼服，随意把头发挽了一下，补个烈焰红唇的妆，戴上一副白兰花的耳环，蹬上酒红色的细跟鞋。看着镜子中的自己，凌厉美艳，眼睛里都是野心。

来不及多想，她拎着手包出发了。

晚上自然是觥筹交错，好不热闹，利率问题搞定的时候她已经差不多喝废了。

手机震动，她对王行长笑一笑，拿着手机出去，推开门就觉得脚步虚浮，扶着墙接了电话。

“小白。”

现在这样叫她的没几个，她又看了一眼手机来电，不认识的号码。

“嗯？哪位？”

“我是厉强。”

“厉大班长换号了？什么指示？”

她按着太阳穴，头比下午更痛。

“少斌快不行了，你来看看他吧，同学一场，道个别，别留遗憾。”

白子涵觉得自己一定是喝太多了，她不可置信地问：“你说谁不行了？少斌？我没听错吧，孙少斌？”

“是，少斌抗洪时被钢筋扎到了腹腔，这两天一直在重症监护室，医生说伤到了脾脏。”

白子涵脑袋“嗡”的一声，当时就蒙了，她扶着墙问：“在哪个医院？”

“省院。明天能回来吗？”

白子涵说：“不能回也要回。我到了给你打电话。”

挂掉电话后她打电话给韩秘书：“帮我订明天去武汉的机票，不是公事，对，我私人的事。明天帮我给人力签一下请假单，按一周签。和建行的事谈妥了，让徐总代我去签约。”

白子涵把手机紧紧握在手里，握得手指骨节泛白，一张脸也惨白惨白的，王行长从包间出来看到她这样吓了一跳：“白总喝多了？没事吧？”

白子涵摆摆手：“没事王行长，我没事。”

她这样说着，眼泪却不受控制地掉了下来。她用手去抹，咬着嘴角，把眼泪都忍回去，一双眼猩红。

那天晚上她浑浑噩噩，头痛欲裂，终于睡着的时候天色已渐渐明亮。而她堕入无尽的黑暗后，在梦里回到了那个丁香花开的盛夏。

二

那是一个雨后，空气中夹杂着泥土的腥气，馥郁的丁香花香扑面砸来，黏腻而沉重。

雨刚停，白子涵趿拉着凉拖去对面的商店给她爸买烟，那时候她们家还住在丁香胡同里。

孙少斌站在柜台那儿正在结账，看到进来人瞟了一眼，就走了出去。他身上还有淋雨后沾着的湿气，混着人的体温，有些潮热，让人生厌。

白子涵对老板娘说："一袋儿白酒，一包酒鬼花生，一盒红塔山，两块大雪糕。"

付了钱她拎着东西往家走，到胡同口时，她远远看到孙少斌进了她家。

孙少斌把一条烟放在桌上说："叔，我什么都能干，什么都肯学。"

白勇点了十几张一百块钱递给孙少斌："干得不错，再有什么活，我给你打电话。"

吃午饭的时候，白勇喝着酒骂人："你看看人家，十几岁就出来赚钱养家，你们就知道吃我的喝我的！生个赔钱货，每天哭丧个脸，老子还没死呢！"

白子涵吓得眼泪都要掉出来，咬着筷子不敢说话。

杨娟骂回去："孩子现在懂事了，每天吵架，孩子怎么读书！钱钱钱，你这人怎么这么没有人情味儿！"

白勇把桌子拍得巨响："没钱你们吃什么，喝什么？我看这书读不读没什么意思，要么就去打工干活吧！”

白子涵小声说：“爸，我要读书。”

白勇瞥她一眼，没再说话。

杨娟推了白子涵一下：“你先去你同学家玩儿一会儿。”

白子涵知道他们又要大吵一架，她放下饭碗，逃也似的跑出了家门。

一出门就和孙少斌撞了个满怀，孙少斌被撞得退了两步，好在站稳了，扶住她，没有摔倒。

“你怎么毛毛愣愣的？”

白子涵又闻到了他身上那种热热的味道，混着烟味儿，不大好闻，她退后两步低着头说：“对不起。”

孙少斌笑了：“撞一下没什么，你怎么跟小媳妇儿似的？”

白子涵抬眼看他。那人的相貌看得更清晰，一张脸白得晃眼，少有的丹凤眼，嘴上有男生绒毛一样的胡子，痞里痞气地笑着看她。

白子涵脸腾地红了，骂了句：“你才像小媳妇儿！”然后就绕过他跑了。

再见到他的时候，是暑假过后开学，老师把他带进班级，他好像更高了，但是黑了一点。

孙少斌的座位被安排在白子涵的身后，也就是最后一排。

他一坐下就捅捅她：“是你啊。”

白子涵的同桌问："你认识？"

白子涵摇摇头："不认识。"

然后把椅子向前挪了挪。

孙少斌就把自己的桌子也往前挪，恶劣地说："你不嫌挤，就这么坐着吧。"

白子涵是个包子性格，真的就这样坐着了。但是在心里极其讨厌这个新同学，他为什么总耍她玩儿？

孙少斌很快就和班里的同学热络起来。据说他父亲是烈士，他母亲前阵子也因病去世了，他从城市搬到了这个镇里，住在自己的外婆家，他经常要周末打零工挣钱供自己念书，还要照顾外婆。

某一天，孙少斌帮白子涵驱逐了两个向她要钱的小混混后，白子涵觉得自己喜欢上了这个人。

很简单，他挡在自己前面打架的样子，打完架倚着胡同石头墙抽烟的样子，很帅很帅。

虽然他打完架后又嘲弄地说了一句："小媳妇儿。"

三

情窦初开的时候，每个女孩儿都是那样，眼风永远不经意地去扫那个人，看到他和哪个女生聊得开心了就嫉妒，但是自己又不敢靠近他。

孙少斌数学成绩好，被班主任钦点做课代表。但是他的语文烂到不行，有时候上课老师一提问，他就要踹她凳子让她给提示。

每次看她脸红瞪眼，他都笑话她："小媳妇儿样。"

这话每次都能戳中白子涵内心的自卑，她总是默然不语再瞪他一眼，绝不还口。

他往往会哼一句"没劲"，然后和其他同学打成一片。

月考成绩下来了，白子涵考得很不理想，和其他几个排名倒数的同学一起被班主任叫到了办公室谈话。班主任问他们："为什么成绩这么不理想？"

白子涵缩在最后面不说话，很多同学都说自己是怎样怎样没发挥好，下次一定考好，班主任一一严厉地批评了一番。轮到她的时候，她鬼使神差地说："我家里出了事，所以我没有考好。"

班主任关切地问："出什么事了？"

她信口胡诌："我爸，我爸他查出了脑瘤，我很担心，所以没考好。"

这时，孙少斌正好抱着一摞子作业本进来，他瞟了一眼白子涵，放下作业本出去了，这一眼让白子涵的头低得更低了。

因为说的这个谎，班主任没有再批评她，还十分温柔可亲地安慰她，说有什么困难可以和老师说。

放学后她慢吞吞往家里走，想着怎么把试卷拿给白勇签字。

快走到丁香胡同的时候，她被人叫住了。

回头看，是孙少斌，叼着烟，背着一个泛白的书包，把一身校服穿得倒是挺拔。

“小白，你是不是撒谎了？我上周去工地，白叔好好的。”

白子涵脸红得要滴出血来，她鼓起勇气抬头，梗着脖子说：“要你管！”

孙少斌气势汹汹地走过来，她退后几步就靠在了墙上，他们之间的距离惊心动魄。

孙少斌高高在上地看着她说：“我管不着，你爸管得着吧。”

说完转身就走，白子涵一个机灵就追过去抓住孙少斌的手。

那也是他们第一次牵手，白子涵完全不记得那时候的感受了，只记得自己用力抓着他，被他拖着往前走，直到她带着哭腔道歉：“对不起我错了，我知道我错了，我就是害怕。”

孙少斌这才停下脚步，回头看她的那双丹凤眼飞扬而凌厉：“怕就能说这样的谎吗？就能诅咒自己的父亲？”

白子涵被他拽得一个没站稳摔在地上，她所有的自尊此刻荡然无存，她颤抖着身体，脱下校服外套，拉起长袖，胳膊上是一道青紫伤痕，她说：“我真的怕他打我，我真的怕，我不是故意说谎的。”

她眼泪大颗掉下来，落在胡同土路上，仿佛在搅拌这青春的尘埃之路，泥泞肮脏卑微，让她越陷越深，无法摆脱。

如果这个话是别人对她说，也许她不会这么难堪，可这个人，是他啊。

这时孙少斌蹲下身，他嘴上的绒毛不见了，整个人愈发有介于少年和男人的气质，他紧紧抿着嘴唇，伸出手帮她擦了眼泪。

“小白，我妈死前对我说，人这一生，勇敢坚持，就总会有转机。我在验证她的话是否正确，你要不要和我一起验证？”

她傻傻地流着泪问：“怎么验证？”

孙少斌摸摸她的头说：“相信自己，然后做更好的自己。”

夕阳西下，一个少年在那光晕中眼神沉静笃定，给她无限的勇气，踏着他走过的路，去验证一个亡灵留下的希望预言。

四

这件事后他们两人仿佛拥有了同一个秘密，虽然他偶尔还会叫她小媳妇儿戏弄她，但是每当她考试有了进步，他都会做贼一样从校服衣兜里拿出自己的手比一个大拇指，然后笑得无忧无虑，一派少年天真。

立湘曾经问她：“你是不是喜欢上孙少斌了？”

她当即否定：“这不可能！我怎么可能喜欢他！”

立湘说："可是你最近经常哼《海阔天空》，那不是孙少斌天天哼的吗？你还和他眉来眼去的，我都看见了。语文老师提问他的时候，你把答案写纸上夹在后背和椅背中间。"

白子涵摇头说："你别瞎说，班里那么多大嘴巴。"

立湘奸笑："绝对有问题。"

连立湘都看出来了，一个女孩儿的青春遐想，藏在她看那个人的每一个眼波中。

周末的一天，父亲从工地上回来，白子涵把饭盛好，一家人开始就餐。

白勇说："在我工地上做力工的那个孩子，刚才他外婆去世了，也是苦命。"

白子涵的筷子一下子掉在地上，她慌张去捡，看到她爸怀疑的眼神，忙解释："他也是我们班同学。"

白勇哦了一声，从兜里拿出六百块钱给她："提前给他五百块钱工资吧，还有一百是给他外婆随的礼，那也是个老神仙了，看着我长大的，你下午做完功课给你同学送过去。"

白子涵把钱放进牛仔裤兜里，继续吃饭，菜没夹几口，只心不在焉地扒饭。

下午她匆忙做完了卷子，骑上自行车去找孙少斌。他家里没人，邻居说他在丧葬场。

白子涵没去过丧葬场，心里有些害怕，还是壮着胆子去了。

丧葬场很大，白子涵不知道应该进哪个门，有个人问她："找谁的？"

她说："我找孙少斌。"

那人又问："和你差不多大的一个孩子吧，从那个门进。"

白子涵按照他指的方向走过去，推开门，映入眼帘的就是孙少斌外婆的遗像，老人家满脸皱纹，眼神却透着柔和沉静的力量。旁边摆着很多花圈，一个挽联是她熟悉的字迹，写着："孙枝洒泪，含饴难再，陈情无地，忍泣桐孙。"

她按照他爸的嘱咐去记了礼账，孙少斌头上围着孝带，鞠躬向她答谢。

白子涵喉咙一酸，不知道怎么办，只能走过去先给老人家鞠躬。

鞠躬的时候她想，这是孙少斌第三次送走自己的家人了。

她把五百块钱给孙少斌的时候，他也没推脱，而是接过去说谢谢，眼睛里面都是红血丝。那一刻白子涵生出了许多感想，很多人都会说自己已长大，但终究还是个十几岁的孩子，有些苦难还要一点点捱，有些路还要一步步走，要独自一人面对那么多生活的坎坷。

想到些，白子涵突然握住了孙少斌的手，妄图传递一点力量给他。

而他则平静地说："小白，你回家吧，我真没事儿。"

白子涵点点头离开了，回去的路上她哼着孙少斌最喜欢的那首歌，迎着夕阳流泪。

原谅我这一生不羁放纵爱自由
也会怕有一天会跌倒
背弃了理想谁人都可以
哪会怕有一天只你共我

五

转眼间临近高考，白子涵装作不经意地问孙少斌：“你报哪个学校？”

他笑笑说：“军校，不收学费。”

白子涵又问：“哪个军校呢？”

孙少斌说：“海军工程大学。”

白子涵不知道在哪里，特意让家里有电脑的表姐查了才知道在武汉。

她也查了几所在武汉的学校，想想自己的分数，觉得没什么希望。

高考结束后，班级同学一起聚会，考得好的不好的那天都十分开心也十分不舍。

孙少斌那天喝得有点多，班长厉强点了一根烟递给他，孙少斌叼着也不抽，隔着几个人，看着白子涵。

白子涵一直看着他，迎上那双丹凤眼，下意识地别过头。

等她再去看孙少斌的时候，他起身，推开包房的门离开了。

白子涵想了想跟出去。孙少斌这一年十八岁，长到了一米八的身高，可还是少年的骨架，清瘦挺拔，月色里如同一棵小树。

她正想着要和他说些什么，孙少斌突然停住脚步回身看她。

“报了哪儿的学校？”

“天津的一个学校，二本。”

孙少斌把烟拿下来扔进路边的垃圾桶，他说：“小白，我没考上军校。就直接去参军了。”

白子涵是知道他的成绩的，一直没敢问他。

她安慰他说：“也很好啊，可以参军之后再念书，到时候不是会有退伍费吗？”

孙少斌笑了：“我爸就是军人，你应该知道，他是个烈士。”

他顿了顿又说：“我也要去当兵哥哥了，你不要太想我。”

白子涵呸他一声：“我才不会。”

孙少斌从衣服口袋里拿出一张纸条递给她：“这是我的手机号。”

白子涵发现纸条上已都是汗，她低下头有些害羞，把纸条握在了手中。

孙少斌又从兜里拿出什么。

夜色中，白子涵仔细去看，他举起大拇指，笑得开朗，他说：“记得我们的约定。”

白子涵拼命点头。

做更好的自己。

曾经以为自己只能考一个专科或者技校，曾经以为会永远活在父亲的暴躁和母亲的懦弱中，是孙少斌给她自信，让她像一只小蜗牛，一点一点向前，走啊走，竟然真的看到了希望。

首先抬起头，才能看到，前方的路。

遭遇了那么多坎坷的他，还挺直自己的脊梁，没有放弃过。勇敢坚持，就真的会有转机啊。这是他教会她的。

她想，孙少斌虽然什么都没说，但是这张纸条，就是约定了吧。

她一定会经常给他打电话发短信的，他们一定会有新的开始。

六

白子涵怀着激动的心情回到家，却发现了一件让人哭笑不得的事，那张纸条，因为他手中的汗，已经湿透，模糊了字迹。

她心想，这个呆子，明天再厚着脸皮向他要一个吧。

没想到，第二天她再去找他时，他的邻居告知，他已经走了，一大早背着一个大包坐火车离开了。

白子涵追到火车站，却不知道他上了哪一辆列车，那辆列车开向哪里。

他们就这样失去了联系。

转眼到了开学的日子，五光十色的大学生活令白子涵感到无比的充实，但是对孙少斌的想念却没有停止。

她给他写了很多信，却不知道应该寄往哪里。

她写自己留长了头发，写自己报了辩论协会社团，写自己喜欢的老师和讨厌的同学，写有人追求她了，其实最后这件事是她胡诌想要刺激他的。

有时候舍友会打趣她："你不会真的有一个兵哥哥男朋友吧？"

白子涵闷闷不乐。她该怎么联系他呢，问了同学也没人知道孙少斌的联系方式，他仿佛人间蒸发了一般。

终于有一天，她在收发室找到了一封信，是他的笔迹，上面飞扬有力地写着：白子涵收。

回到寝室，白子涵迫不及待地打开信。

"小媳妇儿，大学生活很丰富多彩吧。有没有想我？"

白子涵笑了，当然有，但是我才不会告诉你。

“不知道你为什么没有联系我，我可是忐忑了很久啊。我已经成为一名解放军叔叔，记得下次见到我要尊称我。”

白子涵吐吐舌头，才不要。

“一别已经是数月，军旅生涯刚刚开始，但是对我已经产生了很大的影响，我想我会成为更好的自己，成为一个男子汉。”

她甜蜜地想，我相信你。

“遇见你的时候，其实是我非常窘迫的时候，家里发生了很多事，外婆生病，我欠了别人不少钱，几乎是疲于奔命，是你父亲冒着风险允许我经常去工地做工挣钱，我很感谢他。

“所以后来你说那样的话我很生气，其实我是有些嫉妒你的。我爸以前脾气更暴，动不动要用皮带抽的，但是你父亲确实不该打你，你是女孩儿，说两句就得了。

“你总是脸红，像个小媳妇儿。你知不知道你这样让别人很想欺负你，但是我没有欺负过你，我都是为了逗你玩儿。欺负你的混蛋们，我帮你都打跑了。现在我不在你身边，要保护好自己。好好学习，天天向上。其实我还会唱一首 BEYOND《真的爱你》，毕业的时候喝多了，没有来得及唱，下次唱给你。”

白子涵合上信的时候笑着哭了，她真开心。虽然他一句话都没有说喜欢她，可她知道，他们有同样的心情。

他们维持书信往来将近四年，偶尔打个电话，却总是阴差阳错无法见面。

终于在白子涵即将毕业这一年，高中同学聚会，他说一定会来。

那天，白子涵特意穿了一件白色连衣裙，化了妆，她想他是不是都快认不出她了，最好觉得她变美了。她还要告诉他，自己已经考到了武汉附近一个城市的大公司里。

那天，班里同学来了四分之三，直到最后，她也没有等到孙少斌。

那天，白子涵走在回家的路上，想起了高中毕业聚会那天，他哭他笑他唱歌他抽烟，他紧张却故作镇定的表情，还有他越过几个人看她的眼神。

迷迷糊糊的时候，她又看到了那个眼神，就离她不远。那人白衬衣黑色休闲裤，高高大大男子汉的模样，丹凤眼柔和一些，没有那么白了，但看起来更让她喜欢。

他说："小媳妇儿，谁灌你酒了？我去帮你报仇。"

白子涵笑了，骂了他一句："混蛋！"

孙少斌也笑："胆子大了，敢骂我了。"

他走过来，一步一步，仿佛要走进她的心里，他说："小媳妇儿，你的裙子真漂亮。"

白子涵也走向他，冲进他怀里，她在他耳边说："孙少斌，我喜欢你。"

那一刻，她看到他身后，繁星当空，皓月邈邈。有爱的人在身边，才是举世无双的好年华。

七

故事的结局，远没有那么美满。短暂的相聚后，便是长久的别离。他们之间的联系越来越少，他总是说有任务，而女孩儿总是敏感的，一气之下，白子涵说：“要么别联系了吧。”

许久，电话那旁，孙少斌低沉地叹气说：“好”。

后来她忍不住又道歉，两人再和好。

孙少斌面临退伍还是继续留在部队的选择，她是希望他回来的：“你不是一直想要继续读书深造吗？学校我都给你联系好了。”

孙少斌叹气：“子涵，说实话，我想留在部队。我想继承父亲的遗志，保家卫国。我记得小时候，他总拍着我的肩膀说，男子汉要记得，国家需要你的时候，你就要冲上去，你的肩膀有了担当，才称得上是堂堂正正的男子汉。这次维和行动，真的需要我，你知道有多少我们的同胞在异国他乡遭受危险吗？我想去。”

他们又陷入了僵局。终于白子涵鼓起勇气去部队看他，却连门都没进去，被哨兵挡在外面吃了闭门羹。

孙少斌后来给她打电话：“子涵。我决定留在部队了。”

白子涵有些委屈："孙少斌，我等了你八年。你太自私了，我再也不想听你的鬼话！"

年少气盛的他们，各奔东西。一个开始打拼职场，摸爬滚打。一个手握钢枪，一往无前。

后来他们在同学会上又见了一次，那时候白子涵已在广州打出一片天地，如同孙少斌当年对她的期许，她整个人仿佛脱胎换骨，自信、闪闪发亮，让人移不开目光。只有她自己知道，那段感情是她心底最暗淡的遗憾。

那天他穿了一身军装，笔挺帅气，看到大家就笑得露出整齐的牙齿，整个人的气质更加沉稳。他唱了信中提过的《真的爱你》。

只有白子涵知道，那是唱给她的。

是你多么温馨的目光
教我坚毅望着前路
叮嘱我跌倒不应放弃
没法解释怎可报尽亲恩
爱意宽大是无限
请准我说声真的爱你

听到浓情处，白子涵的手机响了，屏幕上写着某某集团总经理，是她的一个大客户。

她起身去接电话，再也没有回来。

没有人告诉她，那天孙少斌喝了个烂醉，一言不发，只是要求一遍一遍地放那首《真的爱你》。

时光真是个可怕的东西，它让一切有度量，有刻度，能计算，以至于仿佛感情都可以被评价衡量。是不是那段时光中的情愫，真的一文不值？他不知道，他只明白，无法给一个女孩儿幸福的时候，不能负责任的时候，不该招惹她。

在他向白子涵父亲还清所有钱的时候，白勇对他说：“我知道你和我女儿的事。我不建议你和她在一起。我也算看着你长大，你是个很好的孩子，我和你父亲也有过交情，否则当年我也不会在家里不富裕的时候借给你钱。但是你知道做父母的，总是希望自己的儿女和更好的人在一起。”

他五味杂陈：“叔，谢谢你没把我欠你钱的事告诉她。我一直觉得挺丢人，怕这件事让她看不起。那时候我年纪小，家里出了事，对自己的生活没法掌控。但是现在我已经是一个堂堂正正的男子汉，我相信自己能给她幸福，希望你给我一个机会。”

白勇抽着烟，十分怅然地说：“我活不长了。人之将死其言也善，我对这丫头没怎么管过，但是婚姻大事，总要有人为她参谋。这样吧，有一天你有房子有车，至少能给她一个安稳生活的时候，我会让孩子妈考虑给你们参谋。希望你也体谅我这个不称职的父亲。子女，是父母的债啊。”

那一天，两个男人达成了约定。

八

白子涵到达医院的时候，整个人异常冷静。厉强带她进了病房，他安静地躺在病床上，看向她，眼神一如当日，温暖从容。

他说：“你来啦。”

声音有些嘶哑，含着笑意。

白子涵坐在他床边：“我来了。你有什么对我说的吗？”

他摇摇头，伸手握住她的手：“现在我已经放心你了。”

又补充道：“一会儿你就走吧。好吗？”

白子涵笑着，很轻松似的说：“我陪你坐一会儿。”

他咳嗽了两声，牵动伤口，眉头皱了皱。

上楼的时候，白子涵听厉强说，他是为了救一个孕妇受的伤，那个孕妇现在已经平安产子。孩子的名字叫作安然。

这一家的幸福，这个孩子未来无限的可能，都是用他的生命换来的。这一刻，她才深刻体会到他所从事的职业的含义。保家卫国，家国安然无恙，而她的爱人，为此甘愿付出宝贵的生命。

厉强说孙少斌结束几年的维和任务后，已经着手准备退伍了。

厉强还交给她一把钥匙："少斌说，他答应过你父亲，有房子，有安稳的工作，能给你稳定生活的时候，才能追求你。这是他在你的城市买的一套七十平米的房子，还向我借了十万。他说他想娶你，他说他很小的时候，就想娶你。"

所以不是因为戏弄，所以总是叫她小媳妇儿啊。

白子涵紧紧握着孙少斌的手，低着头不说话，他就由着她抓着。白子涵觉得，自己越用力就越能留他久一点。孙少斌觉得，白子涵仿佛又回到了年少，总是低着头，委委屈屈，眼角眉梢都让人怜爱。

她终于哽咽着说："孙少斌，你坚持一下，勇敢一点，我已经为你联系了脾脏资源，下午咱们就手术，做完手术咱们就好了！你妈妈不是说了吗，勇敢坚持，总会有转机。你要为了我坚持一下，勇敢一下。"

孙少斌点头："好。"

又过了一会儿，他仿佛很疼，头上开始冒汗，心率开始加快，他留在世上的最后一句话是："厉强，送她走。"

那天白子涵仍旧没有走，她甩开厉强拉她的胳膊："你放开我，我要送他一程。这个男人待我真心真意，我也喜欢了他将近十年，难道最后的时候，我就不能送送他吗？他不会怪你，更不会怪我的。"

厉强叹息一声，放开了手。

白子涵为孙少斌换了一身笔挺的军装，这是他的战友们为他准备的丧服。生为军人，死为军人，堂堂正正，为国捐躯。

葬礼这天是个阴雨的日子，白子涵在他的墓碑前放了一束丁香花，她摸摸黑白照片上那双神采飞扬的眼睛说：“放心吧。”

放心吧，我不再是以前那个软弱、只知道哭的小媳妇儿了。如果是以前我一定受不了，但现在我能够忍住悲痛笃定地送你一程。以前是我不懂你，让我们错过，希望你不会怪我。

我知道你一定不会怪我。

因为你总是那样宽容地对待每一个人，那么努力地对待生活。

有时候我会想，我们连牵手的次数都数得过来，我要是曾吻一吻你，该有多好。抱歉啊，我那么胆小。

她的吻落在墓碑上，大雨倾盆而下，像是离人的眼泪。

她说：“少斌，我会常来看你，也会帮你看看父母看看外婆。你这一走，我的爱情，就全葬在这里了。如果有来生的话，你是不是会来弥补我的遗憾呢？人真是胆小脆弱啊，只能寄希望于来生。可是这辈子不行了，希望来生，我们都再勇敢一点，好吗？我爱你，从十六岁那年开始。但是，我想我也从未失去你。因为，我从未真正地得到过啊。”

她终于痛哭失声。

墓碑上的人，眼神清朗，温暖包容，带着一点遗憾与歉意。

你，好不好

陈年旧事在这一刹那如同

妖精的铁塔被打开。

我们互相举杯致意，却心中无鬼。

一

尚好第一次遇到徐博文的时候是在九月。天气已经转凉，大高失恋，喝醉了坐在超市门口不肯走，说是要喝酸奶，她无奈，只能把他挪到不挡人进出的地方坐着。

尚好是临时被大高拽出来喝酒的，钱包里的现金已用完，超市的POS机坏了又没法刷卡。正在尴尬的时候，后面的人拍拍她的肩膀，尚好回身发现不能平视，这男人很高，头发很短，长相端正又严肃，他递给尚好十块钱："借给你。"

尚好感激涕零，她没带手机，只能问了人家的电话号码拼命记住。回到家她加了好心人的微信，转了十块钱的红包，并再次道谢。这人很快收了红包，回复了一句"不客气"，从此再无交集。

大高很快从情伤中走出来，尚好松了口气，终于不用担心总是半夜被叫出来喝酒，最近喝得胃病都要犯了。

大高比她小一岁，公务员，长得人模狗样，性格闷骚却很理想主义，大男孩儿一个，是尚好曾经暗恋不成因为意气相投反成哥们儿的人。尚好因为工作关系认识的大高，喜欢的时候就是觉得挺喜欢的，但是知道人家对自己没感觉，很快就放下了，后来因为聊得来成了无话不说的朋友。

大高最近很苦恼，身边有ABC三个女人困扰着他。他是那种特别看重“适合”的人，要适合他的家庭，适合他的大男子主义，适合他的感觉。A是高中同学，有颜值，无固定工作，有公主病，但是大高很有感觉。B是相亲对象，体贴温柔，聊得来，颜值不高，缺乏冲劲儿。C是同事，工作好，能力强，成熟有思想，但缺乏共同语言。

大高纠结许久还是选择跟着感觉走，追求了A。但郎有情妾无意，这世界上总有人提醒你，你并非是世界的中心，并不是谁都围着你转，也不是你一厢情愿就能换来情投意合，所有自负必有后果。

大高问尚好：“你说她们谁更适合我？”

尚好说：“我个人觉得，A适合做红玫瑰，B适合做白玫瑰，C适合做合伙人。”

大高笑了：“有道理。但我不要玫瑰，也不要合伙人，我想要一株木棉。”

尚好温柔地宽慰：“会找到的，别着急。其实好的伴侣就是合伙人再加上一点爱情。”

大高醉眼惺忪：“你真好。好好，以后谁要是能娶了你，肯定特幸福。”

尚好摇摇头：“这可说不准，人都是多面的，只是我没有把不好的一面表现给你看。”

二

九月末的哈尔滨有了秋意，周末的时候尚好和大高去爬山，她心情好得不得了：“秋高气爽啊，大高，你长那么高是不是更爽？”

大高身高一米八七，因为太高才被起了这么个外号，他本名叫作郎风，端的是一副风光霁月的派头。

大高说：“爽极了！好好，我有个朋友人不错，晚上要不要一起吃个饭？”

尚好心想，暗恋不成的人给自己介绍对象，这事儿也是挺虐的，但是嘴上答应得很痛快：“好。”

大高递给她一瓶水：“不怕我把你卖了？”

尚好在山顶望着远处的开阔景色，只觉得整个人都惬意和舒爽：“你不会的。”

大高又在耳边絮叨：“他人挺好的，乐观向上，工作好能力强，就是比你大五六岁。”

尚好许久没相亲，心里到底有些不痛快：“大高，你知道我为什么不爱相亲吗？因为我总觉得相亲这件事本身就是一道墙，我们隔着墙去看待对方，爱不爱都有些尴尬，总也没有直接认识的那些人来得痛快过瘾。”

大高一副过来人的口吻：“尚好啊，你也工作三四年了，面对现实的时候，你还没有学乖一点儿吗？”

尚好点点头，眼前的景色瞬间变得索然无味：“好，见！今晚是吧，到时候开车来接我。”

晚上，尚好随意穿了一条裙子，搭配了一件薄风衣，选了一双七厘米的高跟鞋，头发扎成马尾，简简单单化了个妆。

大高来接她的时候吹了声口哨：“Beautiful girl。”

她纠正：“是woman！”

“你这少女感十足的，必须是girl。”

“当一个女人丧失对爱情的期待时，就不再是少女了，即使是，也从少女心似糖变成了少女心似铁。”

大高耸肩，表示不懂女人。

尚好没想到，与她相亲的会是那次在超市借钱给她的男人。他叫徐博文，微信用的就是本名，从加微信好友到现在一个朋友圈都没发过，以至于尚好完全忘记了还有这么一号人。

三人言笑晏晏地吃了一顿饭，大高借口有事先走了，两人例行公事去看了场电影，结束后徐博文送她回家，由此开始了不冷不热的线上联系。

后来，两人又出去吃了几次饭，他们都是慢热的人，因此感觉关系仿佛比朋友还冷淡。

大高说："80后磨磨叽叽就算了，你别给我们90后丢脸啊，行就行，不行赶快拉倒！"

尚好觉得大高就像个孩子，她笑着说："两个人在没有一见钟情的情况下，只能慢慢来，不是吗？"

她想问大高，不是你说的，要面对现实学乖吗？

三

尚好第一次觉得心动时已是冬天，两人吃完火锅后去看电影，路过商场一家玩偶店，徐博文非要给她买一个。

尚好觉得自己年岁不小了还买娃娃，实在没脸进去，一直拦着他："别买了别买了，我这一把年纪的，真的不要。"

他笑着坚持："买一个。"

最后挑了一个丑丑的棕色小熊，尚好对直男的审美颇感无奈，嘴上只能说谢谢，心里又有些莫名的感动。看来，不论对方年纪大小，送玩偶真的是个不错的把妹方法。

那天两人本来要看大热的《摔跤吧！爸爸》，结果走错影厅看了《提着心吊着胆》，整了个大乌龙。回去的路上，尚好一直取笑他：“你也太不靠谱了。”

他也笑：“平时我还是挺靠谱的。”

晚上回到家，尚好微信问他：“给这只熊取个什么名字？叫乌龙怎么样？纪念我们看错电影。”

他说：“好。早点休息。”

尚好觉得，在爱情中女人之所以容易吃亏，究其本质是女人对于情感过分依赖。而人们看待爱情的时候总是容易先从悲观的层面考虑，尚好也想了很多。

徐博文是一个什么样的人呢？有思想，有坚持，闷，正直，不会轻易动心，这很不妙。尚好从暗恋大高一事中总结了经验，女人最先动心的话，这事儿基本就变得不可能了，而两人之间的年龄差距，也决定了双方为人处世以及看待爱情的差别。和女人不同，男人三十几岁，很少再为爱情大动干戈。

尚好有些睡不着，她发微信给大高：“你觉得我和他有可能吗？”

大高很快回复：“不好说。”

她又问：“我想赢，该怎么做？”

大高回：“你这么想就肯定赢不了，因为刻意就是放在心上，上心了就会输。”

尚好心里一沉：“那我应该怎么做？我很想赢是为什么？其

实我也没有觉得特别喜欢。”

大高说：“因为你自负，并且沉不住气。”

尚好脸上一辣：“我觉得我那是自卑。”

大高说：“自负和自卑是一样的，它们本身就是人性的AB面。和你一样，我也自负，同时我也自卑。你要明白，有赢就有输，总要有人输，而最后赢了的人，当初也未必想赢。”

他说得云里雾里，让人摸不着头脑，尚好更加气愤：“你就不能说人话，直接告诉我应该怎么做吗？”

大高说：“其实你做好你自己就可以了，不要刻意改变，这是最基本的。你本身就是一个淡淡的有意思的人。如果你真的想赢，就要顺其自然，剩下的都走着瞧。”

尚好觉得大高好像什么都没说，又好像说得很有道理。是不是经历过情伤之后人人都可以变成情感专家？或许天性敏感的人总是被神佛眷顾，所以在很多事情上他们都更通透一些？她和大高很像，所以才会成为朋友。

大高又说：“你也不要觉得先喜欢上人家了就一定不好，就刻意降低温度，该吃吃，该喝喝，该见面就见面。”

年底工作异常忙碌，尚好累病了。徐博文来家里看她，给她买了一堆零食，似乎他总觉得她还是个孩子，其实她毕业工作后就再也没吃过零食。

晚上她发烧烧得有些鬼迷心窍，问他：“你算是被我收编了吗？”

他对她很好很好，但是尚好不知道他到底对她是什么感觉。

徐博文回复：“说真的，百分之七十吧。”

尚好关了手机。有些事情如果不求证，可能成功的概率会不断攀升，一旦求证了，这百分之七十就会变成百分之六十，百分之五十，甚至更少。

念书的时候尚好也曾爱得轰轰烈烈，那时是真的很喜欢，爱恨都觉得痛快。但工作后，不论是喜欢别人还是被别人喜欢，她都觉得很挫败。其实她身边不乏追求者，可是她偏偏对这种上赶着喜欢自己的没感觉。这种太容易得到反而不会珍惜的行为，总结起来就是一个字——贱。

一场大病过后，尚好脱胎换骨，她心里知道自己赢的面儿已不大，便也不那么执着于赢。她剪短了留了多年的长发，做了睫毛，还办了一张健身卡。她突然想明白了，投资爱情还不如投资自己。

大高有了新的恋情，尚好真心为他开心。他们四人在一个阳光明媚的日子里一起吃了顿饭。

尚好和徐博文已经很久没见面了。她瘦了七八斤，练习瑜伽之后体态也更加匀称优美，眼睛明亮闪光，这份光彩不为了任何人，只为自己，这样的她让徐博文眼前一亮。

这次会面后徐博文约她的次数多了起来，她并不是每次都赴约。

有一天，徐博文突然对她说："我在想要不要今年和你结婚。"

尚好觉得有些好笑："你在想之前应该要先问问我想不想。"

徐博文重申："我是真的在考虑。"

尚好心中悸动，却努力地平复心境。婚姻代表不了什么，她要的是爱。

初夏的时候是尚好的生日，那天晚上她喝醉了，而人一喝醉就容易犯错误。当徐博文拿出生日礼物并为她戴上那条项链时，她突然对他说："我好像喜欢上你了。"

那天之后，两人的关系一下子淡了下来，表面看似平衡的关系一旦被人打破，情况就会变得岌岌可危。可是话已经说开，覆水难收。

尚好一点儿办法也没有，她看着自己变得依赖、多疑，看着自己越陷越深。直到有一天，徐博文对她说："最开始接触你的时候觉得你很冷，现在却有些烫。"

这话也烫在了尚好的心上。

尚好说："我想我们之间出了一些问题，也许是因为我喜欢你，而你不喜欢我，所以我们之间相处的节奏就有些错乱，就产生了矛盾。说实话，我觉得很不好。"

那天徐博文难得点了一根烟，他仿佛陷入了很遥远的回忆："能喜欢一个人很好，这是一个人正常的生理和心理的反应。我很久没有这种感觉了，读研究生的时候还可以为了爱情生生死死的，到现在，我真的不知道那是什么感觉了。”

尚好苦笑：“你真不必和我讲以前的事情，那与我无关。”说完，她便拎着包离开了。

她对自己说：到这里，就是尽头，走不下去了。

她本来还为徐博文准备了一份新年礼物，一个钱包和一个杯子，但如今他们已经不再见面，她问大高：“你说我要不要邮寄给他？”

大高嗤之以鼻：“傻不傻？给他干吗？还不如给我！”

尚好笑了：“为什么啊？”

大高说：“幸好没送，不然不是更寒心吗？”

那天尚好喝醉了，她流着眼泪说：“年少的时候觉得爱情简单一点儿好，喜欢就去喜欢，爱就去爱，不必顾及其他。长大了才知道，爱情真没那么简单。有时候即便深爱，也要装着不爱才能得到。我不懂。”

大高拍拍她的肩膀：“兄弟，记住我的话，别太宠一个男人，尤其在相爱之前，你会把他宠成一个混蛋的。”

尚好哈哈大笑，又举杯：“敬混蛋！”

大高和她轻轻碰杯：“感觉我被骂了呢！”

尚好摇头：“你比他好，你向来是一个很好的人，你一定要幸福。”

大高神情莫测地说：“只有爱得用力了，才会难以释怀。”

她问大高：“我是不是该放下了？”

“问你自己。”

她叹息一声：“是该放下了。”

一场大醉醒来，尚好算是彻底放下了，整个人变得轻松许多，虽然夜深人静的时候回想起来，难免还是觉得遗憾和难过，但更多的是内心的开阔。

由于公司上层的人事变动，她被调去另一个城市工作。走之前，她陪徐博文吃了最后一次饭，看了最后一场电影。

本来说好只是吃个饭而已，徐博文却说：“你连一场电影都不愿意陪我看了吗？有个电影我一直很想看。”

尚好想了想说：“好，陪你看。”毕竟，她也只能陪他看这最后一场电影了。

她确实不忍看他示弱，反正一败涂地，结局已然如此。

好莱坞大片，成熟的系列电影，是部不错的片子，就连国内小鲜肉的加入都毫无违和感，精彩不断。

分别的时候，徐博文递给她一盒巧克力，第二天就是七夕情人节。

尚好把放在包里面的钱包和杯子也递过去，也许是她上辈子欠了他的情，这辈子倒也算是两清了。

尚好打了车回家，路上看着那盒德芙，心不停地抽紧。

Do you love me?

他是知道答案，才会这么有恃无恐。

四

爱情这种东西最忌讳投入得太快，抽离得又太慢。好在新的工作环境让尚好这段情伤去得快些，然而午夜梦回时的暗潮汹涌，只有自己知道为什么后悔。

尚好换了所有的联系方式，与大高的联系也变少了。

三年后的盛夏，她接到大高的电话："我要结婚了，下周六，抓紧回来！"

"好。"

之前在朋友圈看到过大高的未婚妻，不是多么漂亮，工作也一般，关键早已不是之前那一个。

她一直以为像大高这种完美主义者，最后要么找一个官二代、富二代，要么就找一个特别美的，没想到终究是缘分难测。

在大高婚礼上她见到了徐博文，他变化不大，还是那么严肃的样子。时间对男人总是太好，轻易不改变他们的容颜，不过没关系，到底是女人活得长久些。

正在胡思乱想的时候，徐博文已经看到了她。尚好又留长了头发，恬淡地微笑着回望过去。

陈年旧事在这一刹那，如同镇守妖精的铁塔被打开。

他们互相举杯致意，却心中无鬼。

尚好真的只想微笑问一句：这些年，你，好不好？

这样的想法让尚好心中一动，爱有时候并不需要什么结果，除了那些计较和不安，从本质来讲，它的的确确是一种非常柔和的情绪，像微风拂过头发，月光映照海面，如同初见时他手心的温度。

婚礼上，大高唱着《一次就好》帅气出场，一步一步走向新娘。尚好看到大高眼睛里面泛着泪光，这一刻，她想，真好，有情人终成眷属。

尚好并不知道，大高已经结过一次婚，而且是闪婚闪离。在和某局长家的女儿相亲并迅速登记领证后，他发现自己其实不够喜欢她。在一次同学聚会上，大高和自己的初中同桌再次相遇并且相爱了，前妻受不了他的移情别恋，和他迅速离了婚。

主持人问大高的妻子："你是否愿意嫁给郎风，和他风雨相随，一生一世呢？"

新娘绽开最美的微笑："我愿意，郎风，你满足了我对爱情的所有想象。"

婚宴结束后，徐博文穿过一个又一个离开的人向尚好走来，他站在她面前，如此真实。

他说："你，好不好？"

尚好的眼睛瞬间红了，不论时隔多久，总有一些人能轻易剥开重重盔甲，轻描淡写地触痛你的心。

“这里不是聊天的地方，我去取车，我们出去慢慢聊吧。”

“好。”

两人在婚宴上都没怎么吃东西，索性点了甜点和咖啡，边吃边聊。

“魔都工作很累吧。”徐博文先开口。

尚好抚了自己的长发放在耳后：“还好，我都忙习惯了，现在让我闲下来，我反而会不适应。”

徐博文语气有点惊讶：“没想到你成女强人了。”

尚好摇头：“我不算，拿人钱财为人工作，分内之事。”

徐博文问她：“这几年也没个消息，我向郎风要过你的联系方式，他不肯给我。你已经这么讨厌我了吗？”

这种时刻一定要装傻才好！

尚好笑眼弯弯：“怎么会？肯定是这家伙自作主张，其实去了魔都后，我和以前的朋友交集都不多了，就是郎风也很少联系。刚才要不是在饭桌上听了个八卦，我还不知道这家伙居然赶时髦闪婚闪离又闪婚了！”

尚好已然把徐博文也归集到所谓的以前的朋友这个群体了。

“有男朋友了吗？”徐博文貌似不经意地问道。

尚好无奈似的：“问剩女这种问题，不礼貌啊！你呢？”

徐博文今天第一次笑："问一个奔四的男人，也不礼貌啊！"

两人相视一笑，此去经年，如同初见，我们依然未曾寻觅到一生所爱。

他们默契地不提从前，只是聊了些近况就分别。

大高度蜜月回来后去魔都出差，尚好请他吃饭，他特别气愤："你就不能争点儿气，赶紧找个男朋友吗？我告诉你，你要当干妈了！"

尚好为他开心："这么快，可以啊！放心，我肯定给我干儿子干女儿准备好大红包！"

大高说："好久没这么跟你喝酒了，真自在！"

"是啊！"

"你知道吗？你走之后徐博文找我要了好几次你的电话，我都没给他。现在想想，我不该帮你做决定。单身夜那天，我们都喝多了，我问他到底有没有爱过你，他没有回答。"

尚好无所谓地傻笑："说这些干吗？都过去了。"

大高把酒杯扔在桌子上，一声清脆的响："过去了你逃到这么远？背井离乡，家人朋友都不要了，你可真有出息！"

她又给他倒上一杯酒："好好地喝酒，生什么气啊？我要是真的没放下我就会说没放下，你知道我从来不对你说谎。我现在在这边的工作很好，升职加薪，社会价值充分体现，多好！有时候，你们男人把女人看得太低了，我们不只是为爱而活，其实爱情只在我们生命中占五分之一或者更少，我们只为自己而活。”

大高那天喝多了，说了很多胡话，倒是尚好很清醒。

大高大着舌头问了一个令人很难回答的问题：“你说，我们两个算不算纯友谊？”

尚好笑着说算。

大高孩子百天的的时候，尚好又回了一趟哈尔滨。秋天的哈尔滨闷热，尚好一下飞机就被一股热浪包围，她更没想到会是徐博文来接她。

“小孩儿有点不舒服，郎风走不开，让我来接你。”

“麻烦了。”

徐博文侧头看了她一眼，这一年，她的气质又有了变化，变得更沉静，带着一种笃定却温暖的感觉，侧脸柔和，鼻子挺翘，眼睛还是弯弯的。

“和我客气什么！”徐博文有点责备的语气。

尚好说：“这不是为了体现出我懂文明、讲礼貌嘛！”

小孩儿刚生下来就是九斤四两，医院走廊里面谁见到大高都说：“你家生了个十斤的胖小子吧？”

他每次都会纠正：“是九斤四两。”

大高还一本正经地讲起了自己的育儿心得：“知道如何让哭闹的孩子听话吗？就是比他哭的声音更大。”

果然，小孩儿一哭，大高也哇哇叫，小孩儿就停下来好奇地看着他。每当这时，大高的妻子总是无奈又温柔地说："他还是个孩子呢！"

那语气、神态还有眼神，是带着深爱的。

徐博文对尚好说："现在他们都刺激我，要是一起吃饭，每次都抱着孩子挨着我。欺负人！"

大高冷哼："有本事你也生啊！"

徐博文瞪他："嚣张！"

尚好不敢抱小孩，只能坐在大高身旁碰碰孩子的小手或者小脚丫。

她觉得生命太神奇了，突然就想起刘昊霖的《儿时》：

> 我们就一天天长大，甜梦中的大白兔黏牙，也幻想神仙科学家，白墙上泥渍简笔画。我们就一天天长大，四季过老梧桐发芽，沙堆里有宝藏和塔，长板凳搭起一个家。

那晚尚好失眠了。她发现无论时隔多久，即便心中早已放下了所有和那个人有关的幻想，再见面时仍旧会觉得心动。她并不是多情之人，但是寡情也许才容易长情和专情。

那晚她收到一条陌生号码的短信，尚好知道是徐博文。

你看！即便过了这么多年，她还是记得住他的号码。

他说："我们要不要重新开始？"

她回复：“我们的故事，早已经结束。”

手起刀落，别无牵挂。

第二天，离开哈尔滨之前，她给徐博文发了最后一条信息，这也是他们最后一次联系。

她说：“我都记得，也都忘了。”

那些往事如风，你所有的温柔情谊我历历在目，不曾忘记，我相信你曾对我动心。那些你的冷酷和爱的莫测，我也已经忘记。你只是没有那么爱我，那我也便把你放弃，如是而已。

如果有缘再相逢，还会问你一句：你，好不好？

不为真的知晓，只想让你知道，爱没让我们成仇，至少如同老友，你曾来我的心里走了一遭，我也曾在你的世界开了一朵花。

也许我们将孤独终老，然而错过了，便真的错过。彼此的未来，再不相关。

不必追悔，就像蝴蝶飞不过沧海，没有谁会忍心责怪。

直线爱情

我爱得如此简单，
却也最为艰难。

一

“怎么才接电话？”

“刚下班，在路上没听到，怎么了？您怎么这么大火气？”

“你昨天去相亲表现得礼貌吗？”

“挺礼貌啊，我都快跪着相了。”

“别跟我死皮赖脸，你姑姑怎么说你装清高？”

曲睿皱着眉摘下手表放在客厅茶几上，脸上刚才故意堆起的笑容没了。

“昨天那也叫相亲？我还真是见着了倒打一耙的。本来怕你们姑嫂之间有矛盾，那我也不藏着掖着了！

“你见过女方家长陪着，男方家长不出现，而且迟到十五分钟让女方等着的尴尬场面吗！

“上来就问我工资、学历、年纪、身高、体重。这不叫相亲，这是买骡子买马，等买家来了，我微微一笑，露出牙床让人家看看牙口好不好。”

曲睿气得手都发抖，她的脾气随了她妈，点火就着。可电话那头，她妈嗓门比她还高。

“你怎么说话呢？人家男方条件那么好！你姑姑也是好心！”

“嗯，好心，在饭桌上说可怜我，在外人面前给我难堪，她算什么人啊！还姑姑，就是个陌生人也比她强，她帮着人家快把我祖宗十八代都盘问出来了，她不嫌丢脸我还嫌丢脸呢！你告诉王国志，我不用他姐可怜我，他们全家谁都不用！”

“你姑姑这句话确实说得不对，但是你这么强势，你让我怎么和你说话？”

“你昨天突然告诉我晚上去相亲，提前征询过我的意见吗？尊重过我吗？这叫绑架相亲，要不是为了你那无聊的面子，我根本就不会去！

“还家长陪着相亲，现在是什么年代了？算了，我不想跟你说了，你没发现我最近和你都不沟通了吗？你觉得是谁的问题？

“你要是真想让我赶紧嫁人，没问题，我一会儿就在大街上随便找人告诉他我供吃、供喝、供房住还陪睡，肯定有大把的人愿意跟我结婚！”

“混账话！那你有没有体谅过妈的感受，你爸没了，现在你还有个妈，哪天你妈没了，谁还管你？！你想回娘家都没地方回！”

“不用任何人管，我能对自己负责，我二十八岁了，不是十八岁。还有你转告我那个所谓的姑姑，我不是装清高，我是真清高，我就是看不上那个男的！他觉得物质优于我我就要跪舔，我还觉得他精神世界配不上我呢！”

说到这里，曲睿已经趋于平静了，或者说麻木。

“那你就抱着你的清高自己过一辈子吧！我就看看你到底能找个什么样的！”

被怒气冲天的袁女士挂断电话，曲睿把手机扔在一边，用手揉了揉脸，一天繁重的工作让她疲惫不堪。

点了一根烟，静静地抽完。

真他妈寂寞。

什么是寂寞？就是即便是你最亲近的人也不理解你。

二

曲睿换了身衣服，简单化了个妆。今晚闺蜜姚子曼的老公张超组了个局，美其名曰几个朋友一起吃个饭，其实也是变相地给她介绍对象。

“曲睿！”

“抱歉，堵车来晚了。”

张超笑着说：“美女就是用来等的。来认识一下，这是我从小一起玩儿到大的发小博远。”

一个高大的男人起身与曲睿握手："你好曲睿，我是博远。"

他叫她曲睿，很亲切的语气，仿佛多年老友。

人与人之间的关系其实是很微妙的，单身男女之间尤甚。

曲睿仔细打量博远，他的手指细长，指甲干净圆润饱满，健康状况良好，身高一米八三左右，笑起来一排白晃晃的牙齿简直可以去做牙膏广告的模特。

无论男女，基本上高瘦白再加一身战衣就足以被称为帅哥美女，显然他们两个已经达到了这个标准。

两人眼神交换，短兵相接。

饭局上两人相谈甚欢，姚子曼和张超找借口先走了，于是他们一起去附近的公园散步。

"你穿这么高的高跟鞋不累吗？"

"女孩子大多喜欢穿高跟鞋，除非自己的男朋友很矮。"

"也好，和我走在一起，你穿多高的高跟鞋都没问题。"

曲睿闻言抬起头去看博远。他毫不掩饰自己的好感，甚至给了她暗示，曲睿也承认，博远非常吸引她。

博远送曲睿到她家楼下，她要下车却发现车门锁没开，曲睿疑惑地侧头去看博远，他笑容狡黠："可以留一下你的联系方式吗？"

曲睿想了想说："你找得到张超和姚子曼，就一定能找到我。"

人要懂得控制自己的野心，很多东西给得太容易，早晚连本带利都会输进去，因为太容易得手的，没人会珍惜。尤其像博远这样的潜力股，骨子里是很高傲的，曲睿宁愿他知难而退，也不希望他只是和她玩玩儿。

晚上回到家，她打电话给姚子曼：“我觉得我对他一见钟情了。”

姚子曼哈哈大笑：“万年理智女也有一见钟情的时候？”

曲睿叹气：“也许我根本不是在等一个和我精神世界对等的男人。所谓爱情，不过就是看上了一副皮囊。”

姚子曼以过来人的语气对她说：“曲睿，相信我，不和谁谈恋爱，不知道谁是王八蛋，更别说结婚了。其实我觉得你特别理想主义，这么多年，你都觉得必须找到那个各方面都符合你心中所想的人，这样的人其实是不存在的，这个世界上没有完美的人，我们自己也不例外。

“曲睿，你得面对现实，现实就是你二十八九岁了，到了适婚年纪，如果你也确实不是不婚主义者，那么你应该勇敢去追求爱情，管它皮囊还是思想，至少他真有你想要的那些，这就挺难得。”

“那你觉得什么是爱情？”

“你问一个已经走入婚姻坟墓的女人这个问题，真的很不礼貌。”

“……”

三

曲睿和博远与张超、姚子曼夫妇吃了几次饭后才交换了联系方式，两人开始单独行动。

某天，曲睿对博远讲述了自己前几天在单位和一个部门经理的故事：“他加我微信，提交了五次申请我都没同意，在腾讯通上说我工作QQ新换的头像好看，我装死也没回应。没事就给我讲什么人生感悟、职场心得，昨晚一起应酬时他竟然抠我手心，我气得甩手走了，毕竟不能当着合作客户的面泼他酒。”

博远笑着说：“谁不喜欢漂亮女孩儿，尤其是单身女孩儿。如果你不是单身了，会好很多。”

曲睿撩了撩长发，眯着眼说：“你不要太狡猾。”

博远双手交叉放在桌上：“我猜这个部门经理一定是三十几岁就秃头，一脸油光很猥琐。如果是一个帅大叔，女孩子不会这么反感。”

曲睿想了想，确实如此。

博远叫来服务生结账：“爱美之心，人皆有之，这很正常。”

也是，食色年代，丑拒，然后跪舔帅哥美女。这样的事情每天都在发生，说出来不过是为了满足自己的虚荣心，证明自己受欢迎罢了，没劲得很。

那段时间，博远对她体贴备至。他的性格就是如此，对谁都不赖，却也不见得多么用心，习惯而已。而女人总是自我中心主义，以为得到了别人独一无二的垂青。

博远是一个现实的男人，她符合他择偶的标准，但不见得有多么喜欢。而曲睿对他，则是感性角度考虑得更多一些。

就连姚子曼都说她："曲睿，你心中有鬼。"

曲睿疑惑："什么鬼？"

姚子曼抠着手指甲上的钻，抬起头瞄了她一眼："你得藏得住心事，不然会吃亏的。"

"为什么这么说？"

"睿睿，你应该明白，谈恋爱结婚这种事，一定要势均力敌，谁先动了心，就失去了先机，一辈子都翻不了身的。所以哪怕你再喜欢，也要有所保留。这个世界不断在变，但人心比世界变得还快。"

曲睿此时不以为然："我知道，你怕我动真格的。"

姚子曼摇头："我不怕你动真格的，只是博远这个人，我观察了这么久，觉得你hold不住，我劝你还是算了吧。"

曲睿那天穿了一身干练的白色西服套装，涂了大红唇。两人坐在咖啡厅阳光最好的位置，仿佛人都在闪闪发光。她弯起嘴角问姚子曼："我不走下去，怎么知道到底是不是死路。"

她若是爱一个人，不撞南墙不回头。

曲睿生日那天，博远香槟美酒加玫瑰，把她拐上了床。

惯用的手法，人对了，百试不爽。

她并不是一个把性看作是一种沉重的道德束缚的人，只是对这种事有些压制甚至是冷淡，她习惯于感情和身体的自我保护，防人之心过重。当她向博远打开了身体，也就打开了心，说到底袒露心迹，再无转圜的余地，此时胜败已经盖棺论定。

第二天醒来，曲睿拿了一根博远的烟抽，对着洗手间的镜子吐了个烟圈，弯弯唇笑了，眼泪却流下来。

她看着那根烟带来的淡淡愁绪和腾起的白雾，虽然转眼间就消散不见，但那上面却刻着博远的名字。也许从一开始，曲睿就直觉他们不会有什么善终，可惜女人总喜欢无视自己的第六感，或者说擅长自欺欺人。

四

曲睿在过年的时候把博远领回了家。之前跟袁女士打过招呼，袁女士表示她一辈子好面子，就算曲睿领头猪回来，也会一桌好酒好菜喂饱了再送客。

曲睿在厨房刷碗，袁女士把厨房门关上对她说：“你真看好了？挑来挑去就他了？”

曲睿点头：“妈，我过年二十九了，不是小孩儿了，我知道我想要的是什么人，想要什么样的生活，我选择，我就能负责。”

袁女士正在洗碗的手一顿，许久才叹息开口：“丫头，这孩子一双桃花眼，唇也薄，不能长久。”

曲睿笑了，接过袁女士刚洗好的碗摆进碗柜：“我妈真有才，还会看相了。你这和封建迷信差不多，毫无根据，毫无道理。”

曲睿和博远离开后，王志国对袁女士说：“这孩子脾气倔，心里有主意，碰壁未必是坏事，疼了才知道老人家的话未必全错，自己的话未必全对。”

袁女士冷哼一声：“不是你闺女你当然不心疼，她脾气再硬再倔，也是我的宝贝女儿。我能让她走捷径，为什么要让她撞得头破血流？就算她怨我，也比她以后难过强。”

王志国把烟掐掉，笑呵呵地说：“这个年轻人看起来也不错，又没那么张扬，气场压得住睿睿。你要是不让她得偿所愿，勉强她只会激发出她性格中最糟糕的部分，这孩子太倔强了。你再心疼她，说到底，也没什么办法，不是吗？”

袁女士叹气：“算了，儿孙自有儿孙福。”

曲睿和博远在年底结了婚，袁女士陪嫁了房子的装修和一台将近五十万的牧马人。

婚前因为房产证上没有曲睿的名字，两人大吵了一架，博远说："你知道，这个房子是我家里给买的，是我父母还贷款，我不好开口说。"

曲睿当时态度坚决地表示："这个房子，写上我们两个人的名字，贷款我们来还，我不想每个月还要去和你妈说，妈，到还贷款的日子了，您别忘了啊。还有，你应该了解我，如果我们有一天真的离婚了，你这些东西，给我我都不要，要么你滚，要么我滚。"

博远无奈地看着她，欲言又止，终究败下阵来。

会亲家那天，两家也有些不愉快。博远的母亲是个很强势的女人，袁女士也不好惹，两家各不相让，差点撕破脸皮。曲睿中途被袁女士叫出去："这就是你挑的好人家，抠抠搜搜，还觉得我们家巴着他们似的！"

她不敢回嘴，袁女士不该因为她受委屈。

好在最后两家到底各退一步，粉饰太平。

事后博远对她说："你别介意这些，结婚既不是你到我们家来生活，也不是我去你们家生活，是我们都从本来的家庭中出来，组建我们自己的家庭。"

这句话坚定了曲睿和他结婚的信心。婚姻是巩固关系的一种选择，这种选择需要两个人有一样的目标，这个男人给了她走下去的安全感。

婚礼那天博远来接亲，曲睿哭得像个泪人，袁女士小声说她："不准哭，结婚哭不吉利。"

博远改口的时候，袁女士一边递红包一边说："我把我最亲爱的女儿交给你了，她性格硬，心却软，希望你能多包容她。"

曲睿离开时回头看了一眼，她那个只在父亲葬礼上哭过的母亲，红了眼睛，笑着看她。

如果问曲睿婚后是什么感觉，她会回答两个字：安稳。从最初男女之间荷尔蒙激烈反应，到如今柴米油盐酱醋茶，她甚至更享受激情逝去后平平淡淡的婚姻生活。原始社会中就是女人守着洞穴，男人出去打猎，所以女人总是更恋家更享受安稳的。

博远每天早上走的时候会吻她，下班回来会去厨房帮她摆餐具，偶尔晚归会轻手轻脚地上床怕吵醒她，结婚纪念日会带她去国外旅行。曲睿从未想过自己会如此依赖一个男人，甚至说，如此爱一个男人。曲睿以为，这就是她的圆满了。

有一天她翻出许久未用的日记本，在上面写了这样一段话："如果下了一场大雪，我会帮你煮好咖啡或汤。如果下了一场大雨，别忘了帮我把窗关上。如果晴天尚好，我们就听听音乐聊聊家常。你的那些不可与人说的孤单彷徨，愿我的心能将它安放。"

博远看到她放在书桌上的日记本时，弯起嘴角。

五

上级找曲睿谈话，想让她去县里锻炼两年，回来提职。晚上她与博远商量：“我就去两年，两年后就回来，趁着现在年轻，搏一把。”

博远把笔记本电脑合上，摘下眼镜，平淡地说了一句：“我不希望你去。”

第二天，曲睿打电话给姚子曼：“我觉得我应该去。”

姚子曼鼻音很重：“睿睿，相信你自己的选择就好，你以前是我们这些人中最有主意的。”

“你怎么了？是哭了吗？”

“睿睿，我现在很难过，张超出轨了，我想和他离婚。”

“什么?！”

“他说，他爱上别人了。睿睿，我现在觉得，我这十年的付出就是个笑话，我们这么多年的感情原来没有任何意义。我想离开他，可是我怀孕了。睿睿，我该怎么办？”

“子曼，我不知道怎么安慰你，我只能说，不要用别人的错误惩罚自己，不是你的错，你为什么要陷入自我否定呢？你还好吗？要不要我去看看你？”

“不用了睿睿，我想一个人静一静。”

“好。”

中午博远来她公司附近办事，两人一起吃午饭，曲睿说："张超的事，你是不是早就知道？"

博远抬起头与她对视："是。"

"你为什么不早和我说？"

"不想管闲事。"

"那是我们彼此的朋友，怎么是管闲事?!"

"你觉得如果你喜欢上了别人，姚子曼会和张超说吗？不会吧。除了警察，没几个人爱管闲事想去揭开真相。"

"博远，你这样说，未免太冷漠了。"曲睿恐惧地看着他。

理智，冷静，不动声色，难以触及他的内心。

博远不置可否，只是说："别人的家事，我们无权干涉。"

那天晚上曲睿窝在博远怀中看《城邦暴力团》，里面说，直线是人类创造的，自然界中是没有纯粹的直线的，再直的树枝也不是完全的直线。这句话触动了她。

她把这句话转述给了博远，他摸摸她的头发说："不同角度看问题吧，为什么说不同角度呢？就是说不要较真儿。水至清则无鱼，不管是做什么，不可能非黑即白，有太多的中间地带。"

六

端午节的时候，曲睿早早去找袁女士一起爬山，袁女士见到她拎过来就是上下一番打量：“瘦了。”

曲睿揉揉眼睛：“工作太忙了。”

袁女士牵起女儿的手：“好好工作，也好好经营家庭。我听你王叔说，博远最近在做项目。你们要多互相关心，说到底，人这一辈子过的是感情，不能因为忙就不过日子了。”

曲睿撒娇说：“我都把我老公养胖了，你都不心疼你闺女。”

袁女士听曲睿说了姚子曼和张超的事，她带着女儿坐在路边的长椅上：“你们这一代和我们那时候不同，你们太精明了，想得太多了。我们那会儿都为了没钱没吃没喝发愁，哪里像你们为感情患得患失。你们面对的诱惑也太多了，不能说我们就对，或者你们就不好，姻缘这种事，谁也管不了。从你成年以后，我感觉我就管不了你了。”

中午，博远带曲睿去郊区的一个农家乐吃饭，碰到了张超和他的新欢。

那女人很年轻，比曲睿年轻个四五岁的样子，穿一件吊带牛仔裙，丸子头，青春美丽，像是刚毕业的大学生。曲睿笑出了声，表情是真的高兴的样子，她想要走过去，却被博远伸手拦住。

“你要做什么？”

“打个招呼而已。”

她挣脱开博远向前走，博远只能大步跟上，率先打了招呼：

“张超。”

张超脸色尴尬：“博远，睿睿。一起吃个饭吧。”

曲睿笑着问他：“张超，我只问你一句话，你还记得大四毕业那年你找不到工作的日子吗？”

张超低头不敢看她：“我记得。”

曲睿还是笑：“姚子曼那时候白天上班，晚上到西餐厅端盘子，要给母亲治病，还要挣钱养你，那段时间她过度疲劳得了贫血，现在都没治好。结婚前你让她怀孕两次都打掉了，她差点永远做不成母亲，可是她从来没有怨过你，这些你都记得吗？”

张超眼睛红了：“我一辈子都不会忘。”

曲睿脸色淡了下来：“可是你分明已经忘了她。”

张超走过来，对曲睿说：“睿睿，我曾经深爱她，可是我们后来都变了。”

然后，他带着那个年轻女孩儿绕过曲睿走了。

曲睿闭上眼，心想，百无一用是深情。

七

博远问她：“还吃吗？”

曲睿挽住他的手臂：“吃，怎么不吃。”

吃饭的时候博远有些担心地看着她：“你不要想太多。归根结底，是别人的事。”

曲睿平静地说：“我知道。你爱我吗？”

问完她又觉得可笑，如果你是被爱着的，一定能感觉得到，又怎么需要向别人求证呢？

博远想要回答却被她打断：“博远，子曼和张超的事，真的挺触动我的，有爱情的婚姻都如此脆弱，没有爱情的岂不是更加可怕？所以我就想问问你，你爱不爱我？”

博远眉头紧锁，薄唇抿紧，他问：“你告诉我什么是爱。每时每刻心动就是爱吗？”

曲睿摇头：“我不知道爱是一种什么样的感觉，有多长久，但是想到它我就能想起你。而这不是绑住你的理由，也不是绑住我的理由。”

博远说：“那如果我一辈子爱不上任何人呢？”

曲睿轻抚长发，表情有些执拗，眼神却很坚定：“我不管别的女人怎么想，我要的是有爱情的婚姻。”

博远望向窗外，大好的夏日时光，偏偏要进行这样无聊的话题，不得不说，女人最擅长扫兴。

“我去个卫生间。”

博远的手机放在桌上，响了一声。

曲睿鬼使神差地输入了密码解锁，发微信的人的头像是个看起来很有味道的女人，细眉细眼，眼中含笑，她说：“钟情怕到相思路，我不会再打扰你了。”

曲睿往上翻他们的聊天记录。

“我来哈尔滨了，能见个面吗？刚回了母校，想起了很多和你的回忆。”

博远回复她：“没有必要，我尊重我的妻子，抱歉。”

再往上翻，没有聊天记录。

曲睿把手机放回去。微风吹进餐厅，风铃叮当作响。

八

六月的一天晚上，曲睿在单位加班，手机震个不停。

“子曼，怎么了？”

“睿睿，你来陪陪我，好吗？”

到姚子曼家的时候，已是晚上十点。姚子曼穿了一件白色的睡裙，光脚踩在地毯上，一切如常，开门的时候甚至对她笑了笑。

“怎么了？”

“睿睿，我刚才差点死了。”

姚子曼伸手，她的左手腕上有一道深深的伤口，皮肉绽开，血已经凝固，她大大的眼睛里满是泪水。

曲睿抱住她：“你傻不傻！你傻不傻！”

“睿睿，我死都不怕，可是我怕离开他！”

她在曲睿的怀中颤抖，像一个迷失方向的孩子，泪水落在曲睿的肩膀上，一片温热，转而变凉。

“你爱他什么呢？”

“我从十七岁就和他在一起，我早都忘了我爱他什么。也许我们的爱都没了，可是我离不开他。”

“他已经背叛你了。你别傻！子曼，离开他！”

“我没有勇气重新开始。我三十岁了睿睿，人生过去了一半，我不美了，也不年轻了，而且这也许是我最后一次当母亲的机会。”

女人的两大弱点，生死都能抛开，抛不开对男性的依赖，抛不开母爱的本性。

曲睿拿了医药箱给她包扎：“子曼，有些病吃药就能好，但如果是肿瘤就必须切除了。你应该知道，你的婚姻已经发生了根本性的改变，感情都没了，婚姻的意义又在哪儿？”

姚子曼抬起头，眼神无光：“为了这个孩子，我认了。”

回到家已快半夜。博远已经睡着，她轻轻躺在他身边，用手去摸他的脸，然后轻轻吻他的嘴唇。

他似乎有所感觉，迷糊地睁开眼：“回来了？今天怎么这么晚？”

曲睿不回答，又去吻他的喉结，他的下巴，他的嘴唇，他的眼睛。

博远笑着回吻她，热烈地回应。

那天晚上曲睿一直细声细气地在博远耳边叫，博远觉得头皮都发麻，她翻身压在上面：“看着我。”

博远抬眼和她对视，她慢慢动起来，汗从下巴掉下来落在他的腹肌上，他哼了一声想要把她按在身下，可是她不让，手掐着他的脖子，她说：“博远，我爱你。”

那是她第一次对他说“爱”这个字。

那晚前所未有的愉悦，以至于第二天早上博远起晚了，好在是周末。

他洗漱后去厨房，果然他的小厨娘束着头发，穿着粉色的围裙在给他做早饭。

曲睿回身一笑，在温暖的晨光中瞬间就晃了博远的眼睛：“你去摆碗筷吧，马上就好。”

博远没有依言行事，而是走过去，吻了一下她的头发。

吃过早饭，博远要去洗碗，被曲睿叫住：“博远，我们谈谈。”

他说好。

“我想和你分开。”

曲睿说得如此平静，就像在说今天吃什么饭一样平常的语气，倒是博远睁大了眼睛，不可思议地看着她。

“为什么？”

“因为我对婚姻的要求是，彼此相爱。我不愿意像姚子曼那样孤独地爱着张超，过着没有希望的生活。”

“睿睿，那是别人的事。”

“是，我也在说我们的事。我当初选择你是因为喜欢你，而你选择我是因为我合适，我们之间也缺乏沟通，不只是你的问题，我也一样。我宁愿在我还爱你的时候分开，也不想最后走到一个难堪的境地。真的，你是我一生的挚爱，但是无论是爱上你还是离开你，我决定了就没人能改变。”

“睿睿，我这个人不擅长说什么，但是我保证，我对你绝对忠诚。你不要把别人的错误放在我们身上，这对我来说不公平！”

“博远，我是经过慎重考虑的。你很好，只是给不了我想要的。”

博远脸色变得难看，他站起身走过去，俯视着曲睿：“你要什么？我不懂你在折腾些什么？”

曲睿站起来与他对视，毫不畏惧：“你所谓的折腾，是我对自己、对婚姻最起码的尊重。我妈对我说过，能委屈你的只有你自己，所以希望你尊重我的选择。”

博远有些焦躁，他抓住她的胳膊：“我们不是十几二十岁了，我不可能每天和你讲情情爱爱的那些东西。我会忠诚于你，会保护你，会和你一起孝敬老人，我们就这样平淡地过一辈子，不好吗？”

曲睿眼神坚持：“分开吧。博远，你不爱我，我们就必须分开。”

她此刻有些佩服自己，在这样浮躁的时代，依然随心所爱。

九

和曲睿分开后，博远消沉了很久。他不懂为什么他们会走到这一步，明明他们之间什么问题都没有，彼此忠诚，互相照顾。

无数次他从梦中醒来想要去抱身边的人，却只抱到了空气，他突然觉得心里很空。

曲睿没有要房子，像她当年说的那样：如果我们走到了那一步，要么你滚，要么我滚。

博远表面如常，工作如鱼得水，职位越来越高，可是每当他宿醉回到家里，就会十分难受，像要窒息一样。很多次，他一进门就喊：“睿睿，蜂蜜水。”

无所顾忌地索取。

无所顾忌地被爱。

什么都可以给她，却没有给她最想要的同等的爱。

他得承认，曲睿是个十分有勇气的女人。女人绝情起来，是可以把男人剥层皮的。

他也试着去接触别的女人，可是总觉得索然无味。他以前也觉得婚姻索然无味，现在才明白，索然无味的终究是他这个无情无义的人。

大学时候的女朋友给他寄了请柬，她要结婚了。

他们在一起五年，没有走到一起，从十八九的毛头小子，到初入社会的菜鸟，情情爱爱没少说，到最后不是不遗憾的。所以他不再轻易说爱，他也不知道到底什么是爱。

现在回想，曲睿的每个眼神中都有爱。

三年后，博远又遇见了曲睿。在健身房，她大汗淋漓，戴着耳机从跑步机上下来，看到他惊讶了一些，转而笑得开朗："博远。"

"睿睿。"

"一起吃个饭？"

"好。"

博远穿了一件休闲西装，里面是一件灰色短袖，看起来很精神，曲睿笑着说："更帅了啊！"

博远有些纳闷，这女人，为什么就能当作什么事都没有的样子？

"三年没见了吧。"

从健身房出来曲睿换了一条酒红色的裙子，大红色那样的纯色她已经穿不出来。她补了妆，比三年前漂亮。

“我去县里锻炼了两年，上个月刚回来。”

博远放下手中的杯子：“当年是因为我不想让你去发展你的事业，所以你才要离开吗？”

曲睿没想到他会这样问，有些无奈又有些放纵地对他笑：“提这些不开心的事干什么？其实我们不分开，我最后也会选择去锻炼的。”

他知道，她一直是一个很独立的女性，有自己的追求。

“我那时候是想着，我们结婚有一年了，我想有一个我们的孩子。”

“博远，都过去了，当年我也太冲动，抱歉那时候我没有考虑你的立场，让你很难做。”

博远皱着眉，怎么就过去了呢？

他沉默许久才说出来：“对不起。”

曲睿突然觉得很感伤，无所谓似的笑笑，喉咙哽咽得什么都说不出来。

他送她回家：“爸妈身体还好吗？”

曲睿没有纠正他的叫法，笑言：“天天广场舞，身体倍儿棒，吃嘛嘛香。”

博远又问：“有男朋友了吗？”

她挑眉坏笑："你问哪个？"

他也笑，心中却更加郁结。

到了她家楼下，他说："当年是我辜负了你。"

曲睿摇头："别这样说，你这样说我心里难受，真的。我上去了。"

曲睿推开车门走掉，博远望着她纤瘦的背影想，这世上大概真的有一种女人，把爱当作信仰，无爱不欢，却也充满无限的勇气，绝不拖泥带水。非黑即白，爱或不爱，都是跟着自己的心。

人类创造了直线，创造了爱情。你说那是臆想，没准儿只是平常。

某天，张超约博远去酒吧，两人都喝大了。

张超说："子曼今天结婚了，我去了。她真好看，小朵朵给她当花童。我真开心。"

博远说："开心你哭什么？"

张超大着舌头说："有些事说出来没劲。喝酒！"

两个杯子一碰，冰冷的酒顺着喉管一路往下，烫疼了人的心肠。

张超走的时候拍着博远的肩膀说："你没有我错得离谱，如果还惦记着，就别错过了。"

博远笑了，自斟自饮起来。

离开酒吧的时候外面下起了大雨，他走进雨里。

真的就这么结束了吗？

这就是故事的结局了吧。

也许就是这样了……

关于我爱你，只字不提

2015 年 7 月，我在微博上发现了一个logo十分文艺的APP，名字很特别："脉冲书志"，如今已更名为"有读故事"。

记得第一次点开它屏幕上的那行字："发现正在发生的故事，遇见你和你的同类。"我从来没有想过一个APP会影响我的生活，可改变却悄无声息地发生了，比如认识一群喜爱文字的小伙伴们，又比如出版这本书。

起初作为读者，我特别喜欢的作品之一就是一根鱼骨老师的《春香苑》。后来受到感染，我开始在平台发表自己的小说，通过文字表达自己的喜怒哀乐，进而成为"有读故事"的签约作者。

"有读故事"APP有文艺的调性，温暖的写作氛围，有一群真正热爱文学的编辑、作者和读者，最重要的是它给予了我在文学创作上很多勇气和正能量，如同我在*First Love*中写的那句话：“爱让人心碎，也让人圆满，文字也是，但无论心碎还是圆满，它们都给予平凡的我们，不平凡的勇气。”

这本书后记的标题我想了很久，最终定为“关于我爱你，只字不提”。它表达了书中女性角色的特质：情深不言、执着勇敢。也许我永远不会说一句“我爱你”，却比任何人都勇敢地爱你，或勇敢地离开不爱我的你。

这本书的创作历时一年多，期间发生了许多事情，有好有坏也有传奇。某一天我突然写出了“山山水水几万里，别问情深几许。风起时想你，风止时不息。”于是便有了这本书，这是生活给我的灵感，这是爱握着我的手写下的文字。

谁给了你勇气啊？梁静茹吗？这本是一句笑言。

我却希望，当有人再问起这句话的时候，能有幸听到你说：是一本叫作《风起时想你》的书，是一个叫作“北楼风雪”的作者的文字。

书中的故事，有让人欢喜的圆满，也有让人唏嘘的遗憾。文字虽源于生活，但圆满和遗憾都不是爱情的全貌，只有一直爱下去才能看到爱情真正的样子。感谢所有的相遇，因为每一场相遇都是时光赐予的礼物。希望这本书能给你一点点勇气，让你更相信爱、坚持爱，然后在这个无情的世界，做一个有情人。

最后，这本书的完成要感谢在这几个月为这本书付出心血的人们：我的经纪团队“有读故事”APP，CEO李新宇、版权总监小江、设计总监波波与编辑段森旺、沐琴，以及出版方“金色昀虹”图书，特约编辑叶飏、马春雪，责任编辑丰雪飞。还要感谢为本书作序的一根鱼骨老师，作为书迷我感觉非常荣幸，老师的新书《春香苑》会在今年上市，期待！

因为这么多人共同的努力，这本书才得以与读者见面。也要感谢所有我爱的和爱我的人们，是你们让我有这么多故事可以讲。最后祝愿读完这本书的你，充满勇气，坦荡去爱。

2017 年 4 月 11 日

那年，有点小情绪

笑与泪交织成回忆，像伸手就能触碰的爱情。

《我想恋爱，正好你在》

这场讲求战术的恋爱，
你在，才是最重要的事。

《最痛的礼物》

因为爱得深刻，所以痛得透彻。

《喜你如命》

一眼挚爱入蛊，唯你此生可解。

♥ 虐恋大神满城烟火、人气作家总攻大人、海派文学代表三盅倾力推荐